Cambra Skadé

Eine Reise ins Land der Närrin

Welcome back to the movement, Sunshine

ISBN 978-3-00-049884-8

Es ist der Beginn einer großen Reise in ein weit entferntes Land und es liegt doch vor der Haustüre. Das ist das Paradoxe dieses Landes und dieser Reise. Es ist eine Reise zu den heiligen Clowns, zu den Heyokas, den Contraries, zu Coyote, zur wildweisen Närrin. Die Reise geht in ein Land mit viel Wildnis und unwegsamem Gelände, in ein altes Land, eines mit vergleichsweise wenigen Landkarten. Kaum jemand lebt dort dauerhaft. Bis auf eben Genannte sind alle anderen Besuchende, Befreundete oder Abenteuerlustige.

DIE ENTSTEHUNGSGESCHICHTE

Eine bayrische Künstlerin fragt ihre Spirits, wie sie weiterarbeiten soll. Coyote lädt ein zum Tanz. Es sei jetzt Zeit. Die Unterweisungen lauten: "Neue Techniken, Hauptsache nichts Spirituelles, begib dich auf die Spur von *schräg* und *krass*, werde extremer, erlaube dir alle Bilder. Das, was dann raus kommt kann ja milder sein. Verrücke etwas im Geist und in der Bewegung."*Das No-Project* entsteht. Es ist, was es ist.

resis ant et SPACE 6

Es gibt keine Struktur, kein Konzept, keine Zielausrichtung, keine Regelmäßigkeiten und doch einen roten Faden. Im Prozess sein, darum geht es.
Das *No-Project* ist wie eine Wesenheit. Es entpuppt sich als Gestaltwandelwesen, als uneindeutig, nicht zu greifen. Es entzieht sich jedes Mal, wenn ich meine, jetzt hätte ich es. Es erneuert sich ständig. Es wird sperrig, wenn es in ein Konzept, in eine Struktur geht. Es gibt keinen bleibenden Rhythmus, der Verstand tut sich schwer mit dem Einordnen.

Es gibt viele Risikofaktoren und keine Sicherheit oder Verbindlichkeit seitens dieser Wesenheit. Es ist ein bisschen wie das Leben selbst. Es fordert Flexibilität, Humor, Loslassen, Vertrauen, Weitergehen, Weiterdenken. Das Unperfekte schiebt sich immer wieder herein, der Murks, die Improvisation. Es ist lebendig und anstrengend.

Sich Neuem zuwenden, dem Spielen Raum geben und das strukturlos, fadenlos. Etwas eigen unterwegs sein, die bekannten Pfade verlassen, nicht gefallen müssen. Etwas aufnehmen und es wieder verwerfen.

Konzepte loslassen. Das, was ich mache, nicht auf seine Verwertbarkeit hin abklopfen.

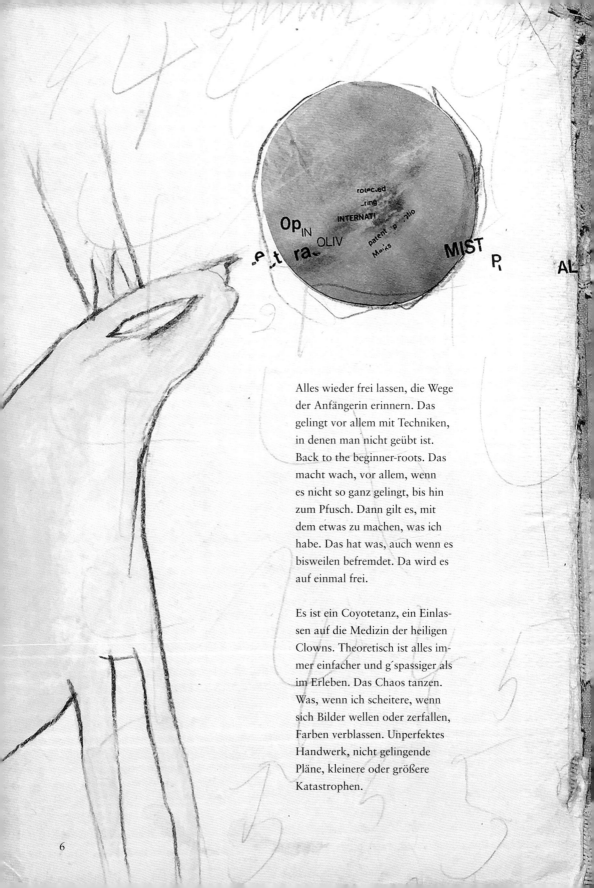

Alles wieder frei lassen, die Wege
der Anfängerin erinnern. Das
gelingt vor allem mit Techniken,
in denen man nicht geübt ist.
Back to the beginner-roots. Das
macht wach, vor allem, wenn
es nicht so ganz gelingt, bis hin
zum Pfusch. Dann gilt es, mit
dem etwas zu machen, was ich
habe. Das hat was, auch wenn es
bisweilen befremdet. Da wird es
auf einmal frei.

Es ist ein Coyotetanz, ein Einlas-
sen auf die Medizin der heiligen
Clowns. Theoretisch ist alles im-
mer einfacher und g'spassiger als
im Erleben. Das Chaos tanzen.
Was, wenn ich scheitere, wenn
sich Bilder wellen oder zerfallen,
Farben verblassen. Unperfektes
Handwerk, nicht gelingende
Pläne, kleinere oder größere
Katastrophen.

Wenn ich mir das alles auf der
Zunge zergehen lasse und anfan-
ge, wirklich damit zu tanzen und
verstehe, dass die Welt damit
auch nicht untergeht, dass alles
sein kann, dass es dazugehören
könnte, dass es tiefe Coyote-
Teachings sind, dann schmecke
ich auf einmal etwas Köstliches.
Dann klingt ein schönes Lachen
von ganz tief unten herauf.

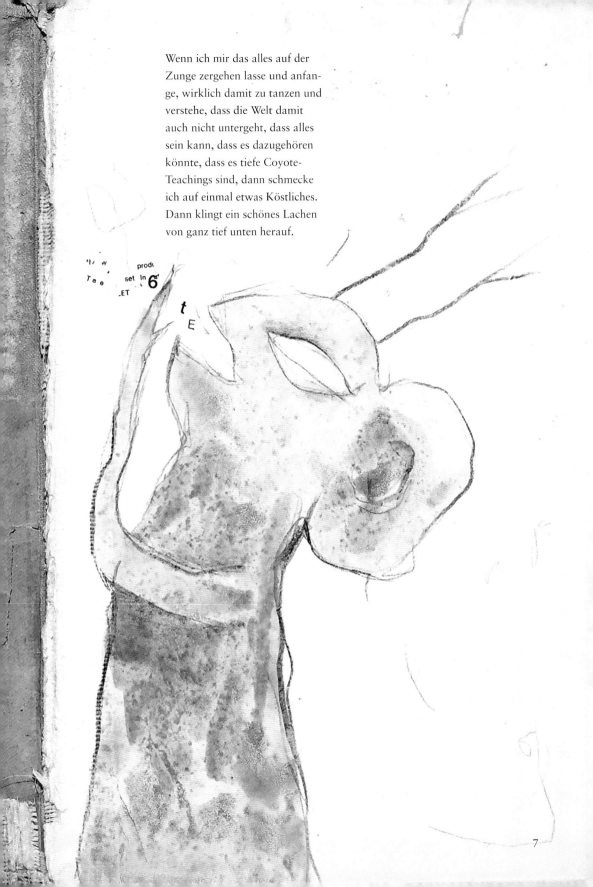

Vor langer Zeit habe ich mit kostbaren Materialien gearbeitet. Mittlerweile schieben sich mehr und mehr Abfallprodukte in meine Arbeiten, Schnipsel, Reste, in Scheunenflohmärkten Gefundenes. Und ich habe mein Handwerk verstanden. Das alleine ist es ja nicht, das machen viele. Und es kann sehr schön aussehen. Was aber, wenn nicht. Da höre ich "Schee is wos anders." (Schön ist was anderes.) Der rote Faden ist auch so ein Qualitäts-kriterium. Was, wenn es den nicht gibt. Keinen – scheinbar – roten Faden, nicht in der Arbeit, nicht im Leben. Da werden die Winde kühler. Der rote Faden im Unzusammenhängenden. In die Felder des Unperfekten tanzen. Am Material scheitern, schludern, die Fadensuche aufgeben. Entspannung ist auch etwas anderes. Versteht das irgendjemand? Habe ich nicht längst die Bereiche der Sinnhaftigkeit verlassen? Sinn ist ein weiteres Qualitätsmerkmal. Dialoge, innen und aussen. Stimmen aus dem Off, aus dem eigenen Lager, in mir, es ist fast wurscht. "Wos is na des?" "Reims dir zusammen." "Womit verdiene ich mein Geld?" (Angstfelderfra-gen) "Mit Tierpflege." "Na super, immer schon mein Traum." Da braucht dann niemand nix verstehen (bayrische Doppelverneinung). "Was, wenn es ganz wirr wird, nur noch schmarrig, qualitativ so richtig schlecht, andererseits nicht krass und extrem genug? Also mittelmäßig unverständlich?" "Na und?" "Ich habe einen Ruf zu verlieren." "Wer wollte frei werden, ohne, dass dir die ganzen Altlasten dahinschmelzen." "Du kannst nicht "frei" wollte frei werden, ... qualitativ so ... erleuchtet und frei werden. ganzen Altlasten dahinschmelzen."

Neben dem "erleuchtet" werden. Will ich und erleuchtet werden? dann wirklich noch frei

Oder nur erleuchtet? Narrisch heilig oder wie?
Es ist wie ein Firewall aus Bedenken-Ängsten-
Glaubenssätzen, hinter die es zu gehen gilt.
Meine Bilder ausatmen. Das Bild von einer, die
etwas Sinnvolles, Nachvollziehbares macht.
Meine Plus-Minus-Liste erforschen: handwerk-
lich ausgereift, nachvollziehbar, eigene Hand-
schrift, perfekt, spirituell, wertvoll, bedeutsam,
Wunder und Heilsames wirkend (die Hybris,
jaja), erfolgreich ... und dann: wirr, Pfusch,
unperfekt, g'schlampert, geschludert, daneben,
a oanziger Schmarrn ... Aha. Das eine macht
Druck, das andere Angst. Scheinsicherheit und
freier Fall.
Mit einem Fuß im Chaos. Mein Humor wird
abgefragt, am Punkt meiner Heiligliste. Iden-
titätsbeleuchtung. Was, wenn ich wirklich ein-

mal auf der Weltbühne ankomme
und dann so eine Art Witzfigur
abgebe. Gruusig schön. In der
Schachtel der Lost Images sieht es
aus wie Kraut und Rüben. Und so
spiele ich mit den Schnipseln von
Bildern und Identitäten. Finde ich
hier etwa den Lebenskunststrick?
So richtig einsteigen in die ganzen
Identitäten, sie befühlen, mit
ihnen spielen, sie, mich, nicht so
ernst nehmen. Da hätte ich auf
alle Fälle viel zu lachen. Coyote
sagt: "Du bist doch manchmal
so gerne eine Heilige, vielleicht
hilft es dir, dass Clowning oder
Fooling oder Identitätsjonglieren
heilige Disziplinen sind."
Ja dann ...

»Vonwegen«

Der Närrinruf

Wichtiges beginnt oft mit einem Call. Wir hören einen Ruf. Irgendwann habe ich den Ruf der Närrin gehört. Es war ein Jodel. "Holler ou u dij!" Wenn ich mit diesem Jodel rufe, schwinge ich mich hinein in das Feld der heiligen Clownin, ins Coyotefeld. Obwohl, bei Coyote wird der Jodel nochmal anders – höher, heller. Mit meinem Närrinruf verbinde ich mich und rufe diese Kräfte. Lange Zeit ist es einfach passiert, ohne, dass ich wusste, was vor sich geht. Ich hätte es nicht benennen können.

Der Narrenruf ist bei allen unterschiedlich, auch bei verschiedenen Karnevalszünften. Da gibt es die seltsamsten Narrenrufe. Für mich als Nichtfaschingsfrau ist das sehr exotisch und doch auch wieder vertraut, wie aus einer tiefen, alten Schicht. Oftmals kommen die Hexen vor, wie bei "Wetterhexa, Hexawetter!" oder "Bai Hexa!", "Hima Hexa!", "Panre Hexa!". Dann gibt es Rufe mit Tierlauten. Geht es da um Gestaltwandel? "Gockelores Kikeriki!" "Hipp hipp meck meck!" "He-Muh!" oder Eselslaute. Manche der gefundenen Narrenrufe kenne ich. "Alleh Hopp!" zum Beispiel. Das hat meine Mutter zu uns Kindern gesagt, wenn wir aufbrechen sollten oder etwas beschleunigen. Mit einem Narrenruf hat sie uns also in Bewegung gebracht. Eine Freundin sagt immer "Heidenei!", wenn sie staunt. Das ist ein Narrenruf aus der

schwäbisch-alemannischen Fasnacht. Ich selbst benutze öfter "Halli-Galli!", "Lari-Fari!" oder "Hei-Jo!". Das sind allesamt Narrenrufe, ohne, dass es mir klar war. Während "Lei Lei Ma Gei!" wie aus einer anderen Sprache klingt, ist "Ja verreck!" und "Narrisch Guat!" bayrischer Standard. Da wandern Narrenrufe in die Alltagssprache oder andersrum.

In den Zünften gibt es unzählige Rufe. "Narri-Narro, d´Schrättle sind do!" (die Schrättlis und die Närrin, aha!). "Aha-Aha-Aha!" (das Mantra des Staunens), "Ahoi!" für´s Narrenschiff oder "Narri Narrum nimm nix krumm!". Die Rufe werden im Fasching oder Karneval traditionell dreimal gerufen. Meine Mutter hat uns das als Kinder auch beigebracht. Wenn´s wichtig ist, dreimal. "Sag´s dreimal,

dann ist es fest. Frag dreimal, dann bekommst du sicher eine Antwort. Dann wird klar, dass du es ernst meinst, das trägt. Immer dreimal." Das waren ihre Unterweisungen im magischen Handwerk.

Wir haben alle einen ganz besonderen Närrin-, Narrenruf, einen unverkennbaren Klang. Gerne würde ich sie hören, einzeln und dann so, wie das Heulen der Coyoten oder Wölfe im Rudel. Ein großes Lied, ein großer Klang der heiligen Clownskraft, der wildweisen Närrin. Und ich schicke meinen Jodel dazu. Vielleicht kommt die Fährfrau, das Narrenschiff, vielleicht taucht Coyote auf, vielleicht lädt die Närrin dann ein zum Tanz.

11

Im Land der Närrin begegnen wir der Meisterin der Performance, der großen Verwandlerin. Ihr Boot trägt weit über den Rand des Vertrauten hinaus. Dort gibt es eine Medizin, welche uns das Lachen, die Furchtlosigkeit, die Lust am freien Ausdruck bringt. Das Land der Heiligen Clowns, der Heyokas, der Närrinnen und Trickster ist das fremdeste und tabuisierteste aller Heilländer. Ihre Botschaften weiten den Raum. Das ist eine wichtige Medizin für unsere Zeit. Warum ist diese Kraft so tabuisiert? Was macht sie? Sie macht Angst, weil ihre Freiheit so groß ist.

Die Aufgabe der Närrin in Gemeinschaften ist es, Spiegel vorzuhalten. Sie ist für Balancen zuständig. Diese universelle, weise und wohlwollende Kraft ist Wandlerin und Verbündete. Die Närrin ist zugleich Spielerin, Schamanin und Lebenslehrerin. Ihr Arbeitsmittel ist die Performance.

Sie ist **heilig und mächtig, geheimnisvoll, lächerlich und komisch** zugleich. Sie handelt widersinnig, sie tut das Gegenteil vom Gewohnten. Sie kehrt als Contrary alle Konventionen ins Gegenteil. Sie tut das Gegenteil von dem, was normal und konventionell ist. Es bereitet uns gewisse Schwierigkeiten, diese Eigenschaften zu leben. Vielleicht hilft die Frage, was man gewinnt, wenn man in diese Kraft geht. Jede schamanisch geprägte Gesellschaft kennt diese Kraft, denn sie hat eine Funktion, die jede heile Gemeinschaft braucht. Wo finden wir etwas über sie?

HEYOKA

Zum Beispiel bei den First Nations Nordamerikas oder im Ritual des Chöd (vom Abschneiden der Dämonen, Tibet), einer Dakini-Praxis. Die ausführende Yogini tanzt und singt mit der Damaru, einer Trommel, mit Glocke und Knochentrompete. Chöd ist mit dem Bön-Schamanismus verbunden und da finden wir auch das Bild der heiligen Närrin. Vagabundinnen, die mit Kastenlosen lebten, die alle Vorurteile und soziale Regeln hinter sich ließen, die keine Angst hatten, all dem zu begegnen, was ansonsten verpönt war. Sie kannten den heiligen Irrsinn, waren Tantrikas, praktizierten an Orten, die normalerweise gemieden wurden, wie Friedhöfe, Leichenplätze, einsame, unwirtliche Orte. Mit dem Überwinden der Angst ging die Befreiung einher.

Die Heiligen Clowns sorgen für die Balance von Chaos und sozialer Ordnung. Die Heyokas (ein Name der Sioux) sind heilige Clowns und PriesterInnen zugleich. Ihr Tun öffnet die Menschen. Als Contraries, Verkehrt-Herum-Leute, tun sie viele scheinbar törichte Dinge, wie die Stiefel verkehrt herum anziehen, sodass sie zugleich kommen und gehen; Ja sagen, wenn sie Nein meinen; im Winter in kurzen Gewändern herumlaufen und schwitzen; im Sommer Winterkleidung anziehen und dabei frieren. Sie stören traditionelle Rituale und Zeremonien. Sie haben die Erlaubnis, sich über Heilrituale, Heiltänze, überhaupt alles, was heilig ist, und das Verhalten der Menschen ihres Clans lustig zu machen. Sie tun das Gegenteil von dem, was gesagt wird. Sie werfen alle Konzepte und Erwartungen über den Haufen. Es ist aufschlussreich, hinzuspüren, was wäre, wenn wir das tun würden. Das alles war beabsichtigt und hatte einen tiefen religiösen Hintergrund. Als Clowns-SchamanInnen waren sie mit dem "Raum nahe dem Himmel" verbunden, der Region der Berge und Wolken und den Donnerwesen. Von ihnen bekamen sie ihre spirituelle Kraft verliehen und waren ab dann Donnerträumende. Heyokas waren mächtige Medizinleute. Sie befassten sich mit Missetaten und sozialen Ungerechtigkeiten und machten diese performend sichtbar.

CONTRARY

DIE NÄRRIN

Die Närrin benutzt die Sprache, das Wort als Teil ihrer Performance. Manchmak ist es eine verkehrte Sprache, eine Rückwärtssprache, welche die eigentliche Bedeutung umgekehrt darstellt. Wenn andere bei ihr etwas erreichen wollen, müssen sie die verkehrte Sprache anwenden. Das ist ein starkes Gehirntraining und zwingt, Konzepte loszulassen. Eine Spielmöglichkeit, ein Kosten dieser Kraft ist es, zu lallen, zu kauderwelschen, also scheinbar sinnloses Zeug zu reden, zu brabbeln. „Wer sinnlos brabbeln kann, kann auch reden", sagt die Clownfrau. Es befreit von dem Anspruch, immer sinnvolle Dinge in der passenden Weise sagen zu müssen.

Die **CLOWNS** würden die scheinbar gewichtigen Reden in der Politik als das entlarven, was sie sind – Worthülsen, Lügen, Unsinn, Nichtssagendes. Wir könnten unsere Stimme freigeben - die Ursprache finden, freie wilde Gesänge in die Welt bringen, an die Grenzen des Erlaubten gehen, Grölen, Rülpsen, Töne essen, schmatzen, schlecken, feuchte Töne kosten, Hmmm-Geräusche, dem unteren Mund eine Stimme geben, das äußern, was sonst nicht erlaubt ist, sagen was gesagt werden will. Sie konfrontieren uns mit Tabus (tapu heißt im Polynesischen heilig). Sie fragen, was ist, wenn wir das Gegenteil von dem tun, was andere sagen oder verlangen. Sie erzählen von der Freiheit, die hinter diesen Grenzen auf uns wartet, von der Kraft der Wildnis. Sie machen es vor. In ihrem Aussehen zum Beispiel. Es ist oftmals absurd, so wie ihr Verhalten. Sie wagen es, so fürchterlich und zerlumpt wie nur möglich auszusehen und zu schauen was passiert, wer wie reagiert. Dabei sind sie ein scharfer Spiegel, was die Vorurteile der Menschen betrifft. Sie lassen sich beurteilen und werfen die Beurteilung im Spiegel zurück.

Jämmerlich, zerfetzt, armselig, mit Dreck beschmiert statt schön bemalt, einen Tanz zeigend, der unrhythmisch ist und ungeschickt, buckelig, verkehrt singend und die kostbaren Instrumente unharmonisch spielend, funktionsuntüchtiges Zeug mit sich schleppend, all das gehört zur heiligen Performance der Clowns. Sie arbeiten mit konträren Techniken und helfen dadurch, Wirklichkeit auf einer tieferen Ebene zu erfahren. Sie rücken zurecht, sie ver-rücken. Sie lassen sich über alles und alle aus. Zu den Aufgaben der Clowns gehörte es, hinter jemandem herzugehen und die Person zu imitieren, wenn diese daran war, einen Fehler zu begehen. Sie vergrößerten die Fehler lupenartig. Sie hatten den Auftrag und die Erlaubnis, Spiegel zu sein. Es geht bei uns nicht darum, als Clowns anderen was zu spiegeln, sondern die Clownin für mich zu sein. Alles andere sind gefährliche Egofallen. Manchmal stelle ich mir vor, was eine Clownfrau machen würde, wenn sie hinter mir herginge, als beleidigte Leberwurst oder als heilige Cambra. Wenn ich meine Entrüstung abgelegt habe, muss ich lachen. Manchmal geht sie einige Tage hinter mir her und sie tut alles, um meine Selbstgefälligkeit und meine Vorurteile aufzudecken. Sie wartet, bis ich mich umdrehe, sie anschaue, bis ich den Mut habe, in den Spiegel zu schauen. Das ist der Moment, in dem sie geht. Die Heiligen Clowns steigen in die Welt der Anderen, in ihre Verbohrtheiten und Verrücktheiten, sie mimen sie liebevoll und ermutigen, in den Spiegel zu schauen und zu lachen. So heilen sie. „Selbst über das eigene Leid ist es möglich zu lachen," sagen sie. Ihr Spiel, ihre Performance zielt darauf ab, die Menschen zum Lachen zu bringen. Dann spüren sie sich und es wird möglich, von festgefahrenen Einstellungen und Konzepten loszulassen. Sie öffnen Türen mit Lachen, sie bringen die Lebenslust. Eine der großen Clowninnen war Ame-Uzume-no-Mikoto, die Mutter der japanischen Schamaninnen, die durch ihre Performance alle zum Lachen brachte und damit Amaterasu, die Sonnengöttin wieder aus ihrer Höhle lockte. Auch sie musste dann lachen.

Heilige Erfahrungen haben oft mit Humor zu tun. Konträrer Humor ist von großer Bedeutung für unser Glücklichsein. In vielen Heilungsriten wird Humor als Heilmittel eingesetzt, ebenso wie in spirituellen Zeremonien, in denen Lachen dabei helfen kann, ein tieferes Verständnis der Realität zu erlangen. Der Humor schafft ein emotionales Gleichgewicht. Wenn ich lache, baue ich meine Ängste ab. Klinikclowns zum Beispiel arbeiten mit Lachen als Medizin. Die Heyokas lassen uns laut auflachen, dadurch lösen sich die Fesseln der Konditionen. Sie bringen uns in den Prozeß der Entstarrung, des Aufbrechens der konditionierten Grenzen.

Die Clownskraft ist **schwierig, sperrig, fremd, verrückt, tabubrechend.** Sie ist nicht nett, nicht gefällig, sie erfüllt unsere Erwartungen nicht. Sie riskiert Peinlichkeiten. Ist der Ruf erst ruiniert, lebt sich's gänzlich ungeniert. Sie hat den Mut, fassungslos dazustehen. Sie versteht es, im Chaos die Lösung zu finden. Aufgrund ihrer Vision hat die Clownin jede Angst vor Schuld, Strafe und Isolation überwunden, wie auch vor Schmerzen, Krankheit und Tod. Sie kennt die Angst und geht auf sie zu, dann ist sie frei. Sie ist eine, die auf ihre Spontanität und ihre Liebe zum Extremen vertraut. Die heilige Clownin verlangt, dass wir hinschauen.

Sie stellt Fragen. Was ist abgespalten? Was sind die „dunklen" Seiten? Wo ist was nicht im Gleichgewicht? Wo ist was zu einseitig? Dann bringt sie die Polaritäten zusammen. Sie gleicht dadurch aus, dass sie die jeweils andere polare Seite einnimmt. Gegensätze lösen sich in ihren Heilinszenierungen auf und so führt sie zum Verständnis der Einheit. Sie weiß, dass im Gleichgewicht der Polaritäten Heilung geschieht. Die Clownin lässt mich Gegensätze in mir selbst verbinden. Sie verwandelt sich in alle erdenklichen Lebensformen, wie jung, alt, schön, hässlich, arm, in jedes Geschlecht, in jede soziale Lebensweise. Jede Rolle spielt sie, ohne etwas vorzutäuschen. Sie spielt mit Regeln und Rollen und sie hat dadurch die Macht, sie auszuhebeln. Sie sagt, „entweder ist alles heilig oder nichts." Sie ist im Paradox zu Hause. Sie selbst ist heilig, weil ihr nichts heilig ist. Gesellschaftlich gezogene Grenzen gilt es immer neu zu überprüfen und zu weiten. An dem Punkt sind sie die großen Crazy Wisdom Teacher: Kojote, Trickster, Mantis, Kea, Eshu, Baubo, die Hofnarren ... Ursprünglich gibt es sie in allen Kulturen. Performend wirken sie mit Übertreibung, Imitation, Improvisation, Absurdität, Widersprüchlichkeit, Unangebrachtheit, Narretei, Klugheit und Witzigkeit. Sie sind professionelle TabubrecherInnen, die sich über alle Regeln der Gemeinschaft hinwegsetzen und doch Teil dieser Gemeinschaft bleiben. Sie geniessen Immunität. In unserer Gesellschaft gibt es am ehesten im Kabaret Vergleichbares. Interessant ist, dass es kaum Frauen gibt unter den Clowns und Kabarettisten und somit "die Kritik an bestehenden Machtstrukturen den Männern vorbehalten ist", wie Gisela Matthiae sagt.

TRICKSTER

Wann begegnen mir die Clowns? Wann sind sie hinter mir her? Wie gehe ich damit um? Was macht mir Angst bei der Vorstellung, mich mit ihnen zu befreunden und in ihre Kraft zu gehen? Zum Beispiel ausgelacht zu werden, entlarvt zu werden, dem Unberechenbaren vertrauen zu müssen. Die Angst, für verrückt gehalten zu werden, wahnsinnig zu werden, ausgegrenzt zu werden und dann zu vereinsamen, alles zu verlieren, Beziehungen, Arbeit, jede Sicherheit „Die gibt es sowieso nicht," sagen sie. Viele Ängste sind irrational, andere dagegen durchaus real. Und das System ist schnell mit Drohungen, wenn es befürchtet, dass wir aussteigen, frei werden und irgendwann nicht mehr in den Griff zu bekommen sind. Zu gewinnen haben wir jede Menge – Freiheit, Leichtigkeit, Ganzheit, Authentizität, Spiel, Lebendigkeit. Ihre schräge Perspektive könnte befreiend sein, denn sie lässt uns erkennen, daß die Dinge nicht schwarz-weiß sind. Mit Lachen ist all das zu sprengen, was zu eng geworden ist. Die Fähigkeit, sich nicht von Schemen und Vorgaben anderer einengen zu lassen ist ein weiteres Geschenk.

Die Clowns erzählen etwas über den kosmischen Scherz. "Du kannst jede Geschichte häuten, Schicht für Schicht abtragen. Irgendwann kommst du an den Punkt, an dem du herzhaft lachen kannst. Dann hast du den Kern, den Witz herausgeschält. Jede Geschichte hat so einen Witzkern." Ihre Sicherheit und Gewissheit trägt. Damit der Weg dazu frei wird, wollen sie die Leute zuerst glücklich und heiter machen, denn dann ist es leichter für die Kraft, sie zu besuchen. Die Leute sollen vergnügt im Geist sein, bevor die große Wahrheit erscheint, bevor die Kraft zu ihnen kommt. Während sie performend Widersprüche von vorwärts und rückwärts, heiß und kalt inszenieren und die Leute zum Lachen bringen, werden diese für die unmittelbare Erfahrung geöffnet. Die Heiligen Clowns schenken uns den Humor mit uns selbst und die Demut, über sich lachen zu können.

Sie lassen zu, dass andere über sie lachen und dabei bleiben sie ganz in ihrer Kraft und Würde. Ihre tiefe schamanische Aufgabe ist es, zu lehren, gut mit allen Strudeln, Stromschnellen, dunklen Abschnitten, lichten Kiesbänken auf dem Fluß des Seins zu gehen und lachend den Herausforderungen zu begegnen. Mit ihrer Kraft, die Menschen glücklich zu machen, durch ihre Performances, fallen unnütze Gedanken und fruchtloser Kummer ab, und dadurch werden die Leute geheilt. Sie ziehen denen den Teppich unter den Füßen weg, die sich zu ernst nehmen oder aufspielen. Sie schaffen es, dass sich die Leute die Verrücktheiten ihres eigenen Tuns anschauen. „Was ist schon normal?", fragen sie und bieten Verrücktheit als grundlegendes und notwendiges Element in der Weltanschauung an. Es gibt sogar in Therapien etwas von der Clownskraft, die paradoxe Intervention. Durch etwas völlig Überraschendes ist eine Umpolung möglich. Eine Verstörung des Systems wird bewusst eingesetzt, um Überzeugungen ins Wanken zu bringen. Die Contraries setzten konträre Heilmittel ein, sie fliehen zum Beispiel vor Kranken und kommen klammheimlich und leise von hinten zurück. Durch Erschrecken polen die Clowns die Leute um. Das Konträre selbst wird als Heilmittel verwendet. Die Clownin arbeitet mit Verstörungsphänomenen. Sie weiß, dass das zu neuer Einsicht führen kann.

Sie benutzen das gesamte künstlerische Repertoire dazu. Sie sind erfinderisch, im Locken, ungewöhnliche Perspektiven einzunehmen und Routine zu vermeiden. Sie stellen die Frage „was ist wirklich? Was ist wirklich wirklich?"

Das Land der Närrin, der Heiligen Clowns und Tricksterwesen ist das Land im Osten. Dort, wo die Kraft des Frühlings das Eis sprengt, so wie ihr Spiel mit unseren Tabus und Verboten die verkrusteten Strukturen. Sie fordern auf, spielerisch dorthin zu gehen, wo man sich festlegt. Sie klopfen Glaubenssätze ab. Ich bin eine XY-Frau, zuverlässig, sehr spirituell, gesund, schön, unbegabt, was auch immer. „Dann spiele mit dem Gegenteil" – ich bin eine unzuverlässige Frau, eine begabte … „Lote deine Grenzen aus. Wortgrenzen, Freiraumgrenzen, Aussehensgrenzen … bist du am Kleiderschrank deiner Mutter schon an der Grenze? Die Clowns sind SpielerInnen, sie fordern zur Weitung auf und zum Spiel. Sie ignorieren das Offensichtliche, sie agieren **absurd und konträr** und sie **parodieren**. Ihr Ausdruck ist körperbetonte Lebendigkeit. Sie repräsentieren die Vieldeutigkeit des Lebens.

Die Clowns hinterfragen Ordnungen und lassen sie sterben, wenn sie nicht mehr taugen. Immer sind sie scharfe Beobachtende des Zeitgeschehens. Die Närrin spiegelt das gestörte Gleichgewicht und setzt ein Gegengewicht. So hilft sie, abwegige und unverbundene Einstellungen zu bannen. Es handelt sich um eine alte Kraft, die so **gefährlich, anarchistisch und unbezähmbar** ist, dass sie oft verfolgt und eliminiert wurde, weil sie mit Machtinteressen kollidierte. Sie nötigt uns, dass wir uns daran gewöhnen, dass etwas offen bleibt, unübersichtlich, nicht eingebunden in bekannte Ordnungen und Gesetzmäßigkeiten, die aufgestellt wurden. Sie zwingt loszulassen, Bilder, Konzepte, Egomuster, Stolz, Erwartungen. Sie ist die große Ent-täuscherin.

"Paß auf, wach auf, finde deinen Humor. Lache über dich selbst. Nimm dich nicht so ernst. Nimm das Ganze nicht so ernst," sagen die Heiligen Clowns. Sie schaffen Freiraum, Raum für Mögliches, für Fremdes. Sie bringen das Unvorhersehbare. Sie sind wie ein absurder Traum. Sie lassen sich nicht einordnen. Die Göttliche Schelmin entschlüsselt die Geheimnisse des Lebens und bleibt dabei selbst eines. Wir können den Heiligen Clowns, den Heyokas, der Närrin in uns Platz geben, sie einladen. Wenn wir den Raum weit lassen, werden sie in ihn hineinlachen.

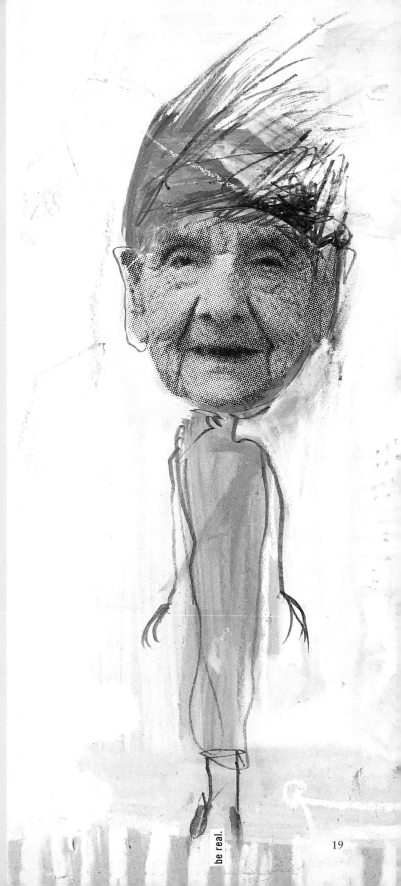

be real.

19

Die Schrate, die vielen Merkwürdigen und
seltsamen Wesen gehören zu der Reise. Sie
sind sowas wie Crazy Wisdom Masters.
Sie testen, unterweisen, provozieren, begleiten und sie führen immer tiefer hinein
in das Land der Närrin. Das Verrückte,
Seltsame, Skurrile, Schräge rutscht un-
merklich heran und ins System. Es könnte
guttun. An die Ränder der rationalen Welt
tanzen, hinterfragen, den Raum weiten,
uns Erlaubnisscheine ausstellen für den
Eigensinn. Unverblümt, freifliegend, eigen-
brötlerisch, unverschämt im wahrsten
Sinne, auch mal züntig und knotzelig,
unperfekt und vieles mehr.

Vor Reisebeginn habe ich mir die vom
Auswärtigen Amt empfohlene Gepäckliste
durchgesehen. Empfohlen wird Beherztheit, Mutterwitz, Humor-Carepakete.
Es kommen Gedanken auf, ob so eine
Reise sein muss. Es gibt kein Wörterbuch
und da die Sprache schnell wechselt, von
Bayrisch zu Kieseli oder Aniglisch, habe
ich gewisse Bedenken. Was, wenn alles
so kryptisch ist, dass ich nur Bahnhof
verstehe.

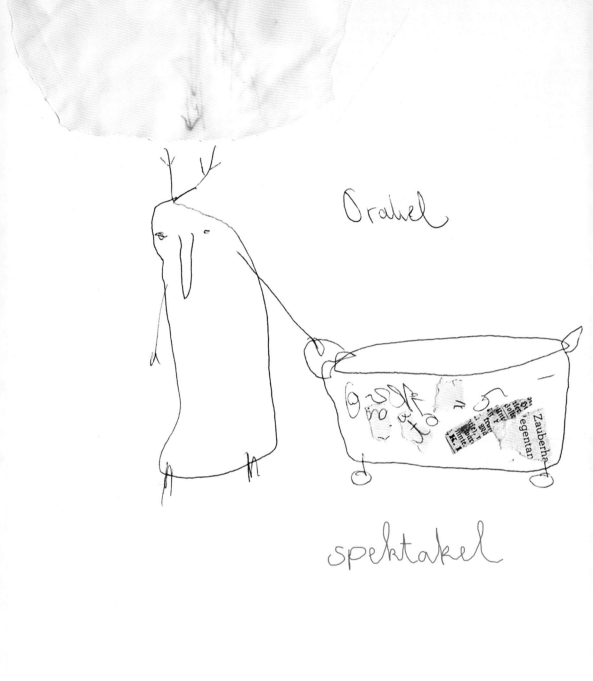

Orakel

spektakel

Um was geht es denn hier? Um Schrate, die etwas mit der Sprache im Land der Närrin zu tun haben. Diese Sprache hat verschiedene Namen. Das Kauderwelsch gehört dazu, das Gibberish der Sufis ebenso wie das Grommolo. Auch Køans, die geheimnisvollen Rätsel aus dem Buddhismus wirken scheinbar unverständlich, paradox, sinnlos. Im Land der Närrin kommen bei allem diese wegweisenden Zuschreibungen: Paradox, sinnlos, vordergründig unvernünftig, sich dem Verstand entziehend, etwas, das sich nur intuitiv erschließt, widersprüchlich. Wenn der Verstand ansteht, wenn die Grenzen des Rationalen erreicht sind und die Antworten, das Wachstum dahinter liegt, dann kann die heilige Clownin, die Narrenkraft weiterführen, dann geht es in ihr Land. Dann könnten das Verstehen, Erfassen und die Sichtweise woanders heimisch werden, dann könnte sich das Begreifen anderswo ansiedeln.

Die Orakelschrate verstehen sich auf diese Sprache. Kinder auch. Wenn jemand Schreib- oder Sprechblockaden hat, ist die Närrinsprache eine gute Medizin, lallen, brabbeln, grommeln. Sie nimmt den Druck weg, dass alles immer etwas bedeuten muss und sinnhaft ist. Das ist ein großer sozialer Druck. Ins scheinbar Unsinnige, Nichtssagende zu gehen, ist genussvoll und befreiend. Man hat uns beigebracht, deutlich zu sprechen und sinnvolle Dinge zu sagen. In Bayern ist das vielleicht nicht ganz so. In der Politik und der Werbung auch nicht. Da soll es allerdings so aussehen als ob. Die Grommolosprache, die Grommolote wurde erfunden, als das gesprochene kritische Wort im Theater verboten wurde. Lautmalen, lautäußern, Narrensprache versteht zwar der Verstand nicht, dafür das Gesamtsystem. Es wird gespürt, geahnt und anders verarbeitet.

Orakelschrate bieten sich an, Antworten auf alle Fragen zu geben, die so anfallen im Leben. Ja-oder-Nein-Fragen sind nicht ihre Spezialität. Sie finden, es muss schon differenzierter sein. Das möge man bedenken beim Stellen der Frage.

Sie haben eine Wagenladung bedeutsamer Antworten dabei. Es geht so: du überlegst dir jetzt eine Frage. Es könnte um Innenangelegenheiten gehen und auch um Aussengeschichten. Während du überlegst, singe ich einfach mal OM. Das befeuert das Ganze. (Ich weiß genau den Zeitpunkt, wann du die Frage stellst.)

OOOOOMMMMMMM

Dann wähle eine Zahl zwischen 1 und 11. Eins und eins ist elf. Ohne nachzudenken.

Merke dir deine Zahl. Das mit deiner Nummer ist das Schrättli, das dir die Antwort gibt.

OSEN

EIEN

FEN

W I L D N I S

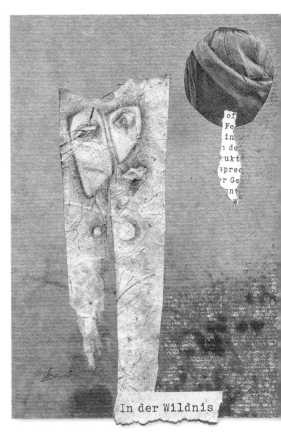

In der Wildnis

Das erste Schrättli ist gefragt, die
Nummer 1. Die Antwort ist:
OSEN - EIEN - FEN
Wenn du die Eins gewählt hast ist
das die Antwort auf deine Frage.
Du kannst sie nehmen und bebrü-
ten. Vielleicht setzt du dich darauf
oder küsse sie. Ich weiß auch nicht.

Die Nummer 2 sagt: „of Fe in de
ukt sprec r Gr ant W". Mit einem
Fuß in der Wildnis, das ist auch ein
wichtiger Hinweis.

Das Dritte ist zu zweit, es bekommt Eingaben von oben.
Es sagt, „nimm das Zweitbeste".
Das ist die Antwort, das Zweitbeste ist es, darum geht´s.

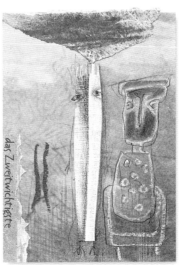

das Zweitwichtigste

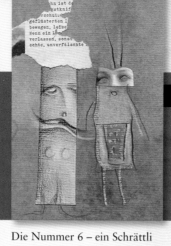

Das ist ein handstarkes, nicht handsam, handstark. Die Nummer 4. Weil es den Mund nicht richtig aufmacht, klingt es wie: „wir b. Guide viele Natu (r)". Immer diese Sprachprobleme, dieses Nuscheln. Das nächste frage ich, ob es dafür eine Lösung hat.

Es sagt „Der Sprache wirtlich" Wenn du die Fünf gewählt hast, dann ist das auch für dich die Antwort. Ja und jetzt? Es hat ein zerfleddertes japanisches Wörterbuch dabei. Auch das könne   man benutzen. Das ist aber   zu blöd, wer kann schon   Japanisch.

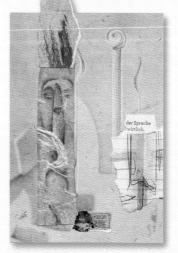

Die Nummer 6 – ein Schrättli mit seinem Spirit – sagt: „egen uns ehn ist de gstknif rschutz geflüsterten i bewegen, leise Wenn ein L verlassen, sonst echte, unverfälschte ...". Der Spirit hat Antennen, eine Schürze und dem Schrättli ist die Antwort im Kopf, wie ein Texthut. Macht uns das jetzt gescheiter?

Hier ist ein Schrättli, die 7, während der Inspiration. Man darf sich das vorstellen wie im Regen stehen und es tröpfelt ein oder ergießt sich über einen. Es sagt: „follow the future" Manche habe es schon gehört und gehen los. Das ist im Hintergrund zu sehen. Weil die Botschaft von vielen verstanden werden soll, ist sie wieder mal in Englisch.

der Sprache
wirtlich,

OW
the

futur

INSIDE

Die Nummer 8 sind zwei, sie reden miteinander. Das hat einen Grund. Es sind Dialogue-Oracle-Schrättlis. Aus ihrem Dialogue sollen wir die Antworten hören. „Tschjö de kaaang uwa iatie – WOHNER"

Die 9 sagt, die Lösung ist „Das Drittwichtigste". Was ist das Drittwichtigste? „feel inside". Es ist ein bisschen Herzblut in das Bild geschmiert, so können wir es spüren.

Die 10 ist ein asiatisches Schrättli und kann nur Englisch. Es macht ein Fenster auf: „Luxury show." Aha. Sollen wir da etwas überprüfen?

Das nächste, die Nummer 11, wird seitlich inspiriert. Seine Antwort ist „Tanz erstreckt sich" – oh, was für eine Antwort, das sagt uns ja ganz viel. So eine besondere Antwort. Danke vielmal.
Das ist das Orakelspektakelsitzungsende.

Und jetzt der Alltagstauglichkeitstest. Eine Frage kommt auf uns zu. Vielleicht eine schwierige, eine schon hundertmal gestellte, eine nervige, eine Blablafrage, eine überwichtige, es ist egal, ob privat oder im Arbeitsbereich. Und dann binden wir uns an das Sprachfeld der Närrin an. Eine Grommolo-antwort legt sich auf die Zunge, schiebt sich bis ganz nach vorn und springt aus dem Mund und ins Ohr des Fragenden. Für die Forschenden – die kommenden Momente bitte unbedingt dokumentieren.

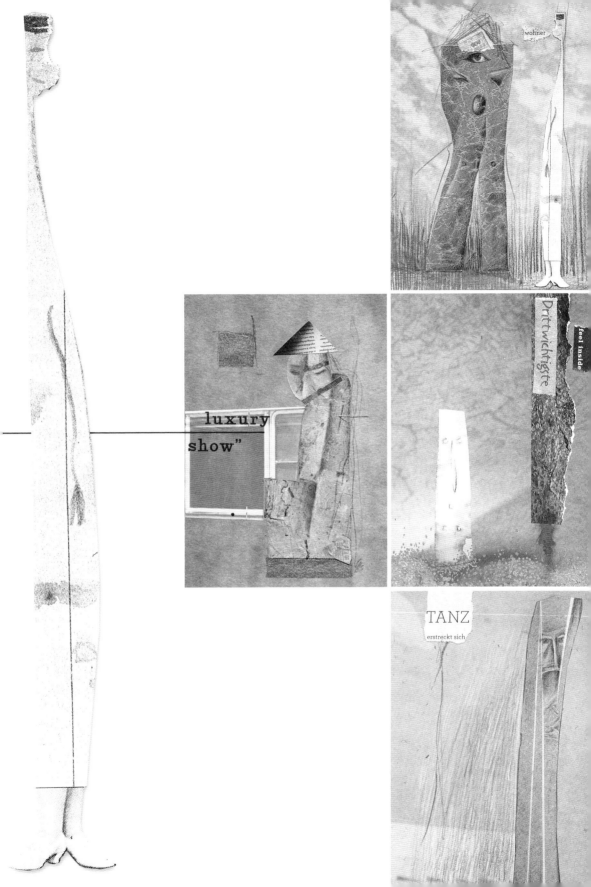

Himmel.
.de

Wo sind die Antworten?

Das mit den Fragen und Antworten ist etwas sehr Grundlegendes. Deshalb bleiben wir noch ein bisschen bei diesem Thema. Verschiedene Schrättlis geben Impulse zur Antwortfindung. Und wer will nicht so richtig gute Antworten auf dringende Fragen. Wo sind die Antworten? In den Klatschmohnfeldern unserer Träume? In dem Goldfisch, der in uns herumschwimmt? Falls jemand meint, in ihr oder ihm würde kein Goldfisch herumschwimmen, dann glaube ich das nicht. Sind die Antworten in Knopfschachteln oder bei fragdoch@himmel.de?

Es ist unklar.

Diese Schrazeln sind zum Fragen da. Die Vögleinspirits in den Haaren kann man auch fragen. Direkt oder per mail.

Unter fragdoch @himmel.de. Es werden unverblümte Antworten sein, weil die Blumen schon in den Rock gewandert sind.

im Endeffekt

Nach unten wenn man schaut und immer weiter, durch den Boden, dann kommt irgendwann Japan. Dann kommt man bei den Yokai raus. Übersetzt sagt dieses Yokai: „Im Endeffekt Klatschmohn". Da landen wir ja öfter mal – in den Klatschmohnfeldern unserer Träume, auf der Suche nach Antworten.

Dieses hat einen Goldfisch als Freund. Meist schwimmt er in dem Schrättlein innen herum und bewegt es. Es sagt, alle haben so einen Goldfisch in sich. Er bewegt uns. Er kann die Fragen in uns nach aussen tragen, wenn wir ihn frei schwimmen lassen.

im Endeffekt | KLATSCHMOHN

Die unteren Wesen könnten Flaschengeister sein oder Punkschrättlis oder uralte Plastikflaschen, die zu ihrem 100.ten Geburtstag Schrate geworden sind. So sind dann auch die Antworten. Wer sich davon angesprochen fühlt, möge sie fragen.

Eine Hirschmaus und ein Mausgelehrtes und ein wildes, berocktes Rothaarschrättli. Auf jede Frage gibt es drei Antworten, sagen sie. Überprüf's, es ist so.

Und dann geht die Sonne auf. Das sind Schrate, die in Knopfschachteln wohnen und Knopfschachtelgeheimnisse hüten. Wer Knopforakel wirft und sich wundert, warum das klappt, weiß es jetzt. Weil es da Schrate gibt und mit dem Werfen der Knöpfe bist du automatisch bei fragdoch@himmel.de. Sie teilen sich den mail-Account mit den Dirndlschrazen. Das Ohr in die Knopfschachtel gehalten, dann hört man sie.

„Fragen und Antworten und dabei aus der Reihe fallen, das könnte dich nach vorne werfen", sagen sie. „Die Frage – es ist immer die Frage, die zählt. Mit der richtigen Frage stellst du alles auf den Kopf. Gut gefragt ist halb erleuchtet."

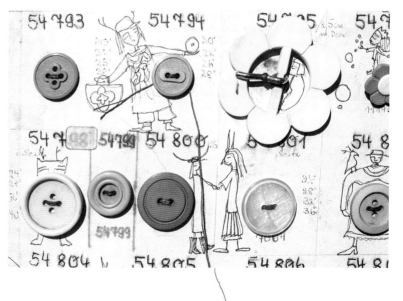

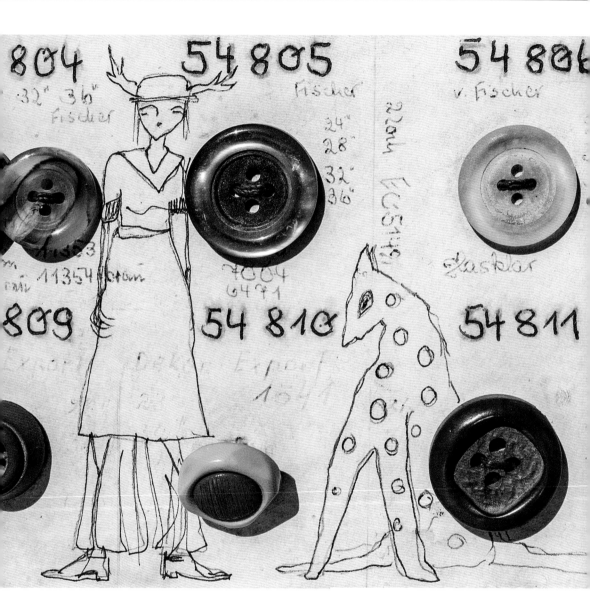

Hier schiebt sich eine Geschichte rein, wegen der Dirndlschrazen und der rosa Zunge, den Knopfbällen und überhaupt. Sie hat mit meiner Kindheit zu tun, mit einer Nachbarin namens Wolf, mit Fragen, wie etwas zu lösen sei und spärlichen Antworten.

Die Geschichte heißt: *Frau Wolf und die Schrazen samt Fragen*

Es gibt bei uns im Bayrischen ein halbes Schimpfwort –"Schraz". Das gehört zu der Geschichte, die ungefähr so ging: Wir waren sehr viele Kinder ringsrum und wir haben gerne draussen gespielt. Der Frau Wolf waren wir zu viele und zu laut, deshalb hat sie uns "elende Schrazen" genannt (falsche bayrische Pluralbildung!). Damit konnten wir leben. Wenn der Ball zum zigten Mal in ihren Garten gefallen ist, hat sie ihn weggenommen und ist samt Ball im Haus verschwunden. Ich habe meiner Mutter gesagt, was los ist und, dass wir den Ball wieder holen müssen. "Aha," meinte sie, "wie wollt ihr das machen?". Sie wäre nie auf die Idee gekommen, für uns den Ball zu holen. Sie mochte die Frau Wolf und für sie war es unser Ding. Weil wir ja Schraze waren, sind wir stampfend, singend und dauerklingelnd auf und ab, bis die Frau Wolf den Ball hergegeben hat.

Als ich mitgeteilt habe, er sei wieder da, der Ball, hat meine Mutter gesagt. "Aha, wie habt ihr das gemacht?" "So halt." Das Wortkarge der Schrazen bei unpassenden Fragen.

[Forschungseinschub: Schrate, Schrättlis reden ungeschönt. Dann sagen sie wieder gar nichts. Sie folgen nicht unseren Erwartungen und sie tauchen auch ungefragt auf.]

Manchmal war uns fad, dann haben wir überlegt, ob wir die Frau Wolf aufregen sollen. Zum Beispiel mit Torschießen auf geschlossene Garagentore wegen des Sounds. Sowas. Man kann es aussitzen, bis Schraze gewachsen sind und nicht mehr auf Garagentore schießen. Das ist eine Frage der Zeit. Die Frau Wolf hätte einfach ein bisschen warten können.

Das mit dem "du Schraz du" ist mir jetzt wieder eingefallen. Das habe ich öfter gesagt bekommen, wenn ich frech war, ein Wunderfitz, unverschämt neugierig, vorlaut, vorwitzig, meine Nase reingesteckt in irgendwas oder unbändig wild war. Schraz, das hat mich nicht weiter aufgeregt, es war eh nur halb geschimpft. Auf die Frage, wie ich heiße, hätte ich auch „Schraz" sagen können. Damit wäre alles klar gewesen.

[Forschungseinschub: die Namen der Schrättlis variieren, es gibt sie als Schrat – Schrättel – Schraz – Schratt – Schrättlein – Schrötlein – Schrättli – Schröttele – Schrecksele – Schretel … im Süden, in den Alpen sind die Namen teils noch geblieben, in Mittel- und Norddeutschland gibt es sie kaum noch. In anderen Sprachen gibt es ganz ähnlich klingende Begriffe wie Hausgeist, poln. skrzot – Slowenisch škratec, Windwirbel – skratta, schwedisch skratte (laut) lachen, dänisch, klirren – skrade, rasseln. Sie haben alle mit den Schraten zu tun, mit Kobolden, Berggeistern, Wassergeistern, Riesen, NärrInnen, Zauberkundigen … Es gibt auch eine Schrätelhexe. Ein Spruch von 1460: "jeglich haus hab ein schreczlein: wer das ert, dem geb es gut und er." Und so sind auch Opfergaben an das "schretlin" bezeugt.]

Das mit dem Fragen ist so eine Sache. Ungefragt den Senf dazugeben. Warum nicht, wenn es sein soll. Auf Fragen keine Antwort geben, auch in Ordnung. Nicht auf alles was sagen müssen, nicht allen die Wahrheit schuldig sein, antwortlos sein dürfen, keine Lust auf Antworten haben. Keine Antworten erwarten andererseits.

SCHRÄTTLIS

Die Schrättlis kommen. Sie entstehen aus Abfällen, in neuen Techniken und in völlig unspirituellen Kursen. So etwas ist in meinen Kreisen gar nicht leicht zu finden! Weil es eh schon wurscht ist, leere ich den Abfalleimer und spiele mit Schnipseln, mit Zugefallenem. Ich lasse mich von Geschichten finden, die beispielsweise in zu dunkel gewordene Radierungen einziehen wollen. Sie können dort wohnen, wenn sie möchten. Es ist wie mit den Geisterhäuschen, sie sind schnell besetzt. So hat es angefangen, dass sich Bilder verselbständigen und Wohnorte für verschiedene Wesen werden, beispielsweise Katzenschrate oder Schrättlis, die leerstehende Häuser bewohnen.

Es geht um Schrate aus aller Welt, insbesondere Katzenschrate. Wer sind diese Schrate? Naturgeister, Wesenheiten aus anderen Ebenen, die „Merkwürdigen" aus „Hausfrauen, Schamaninnen und andere Merkwürdige"? Wesen, die gewoben sind aus Luft, Licht, aus Träumen und Seelenfäden, die Geschichten zu erzählen wissen? Seelenbegleiter, mit unterschiedlichen Kräften, Geschichten und Fähigkeiten?
Sie kennen viele Wege in der feinstofflichen Welt. Manche begleiten uns. Sie sind sehr klar, sie führen in verschiedene Felder, wie Dunkelfelder, in denen man sich verirrt hat oder hin zu verlorenen Träumen. Es geht

in die Wildnis, dort kennen sie sich aus. Manche sind präzise DiagnostikerInnen, gnadenlos, unbestechlich. Sie haben eine klare, gerade Art in Bereiche zu führen, die suboptimal sind. Sie schwingen sich zusammen mit denen, die sie interessant finden. Die Schrättlis sind aus dem Land der heiligen Närrin geschickt worden, als Art Einstiegshilfe, als Reisebegleitung.

Was ergibt die Schrateforschung?
Sehr interessante Schrate gibt es in Japan. Dort heißen sie Yōkai. Es sind Wesen, die teils Züge von Tieren und Menschen haben. Viele verstehen sich aufs Gestaltwandeln. Für Menschenwesen sind sie oftmals undurchschaubar. Yōkai tauchen in der japanischen Mythologie zahlreich auf und zu diesen übernatürlichen Wesen zählen in Japan auch alle aus westlichen Mythologien, wie unsere Schrate. Schrate sind also Yōkai und umgekehrt.
Je weiter sich die Menschen von ihren alten schamanischen Wurzeln entfernen, von ihrer Wildnatur, desto mehr werden diese Wesen fremd, angstmachend, dämonisiert. Aus den vielen Informationen will ich einen Faden herausnehmen, der neutral ist oder von der besonderen Kraft dieser Wesen erzählt. Es gab immer schon PortraitmalerInnen der geheimnisvollen Yōkai oder Schrate. In der Edo-Zeit beispielsweise war es Toriyama Sekien.
Katzenschrate gehören zu den tierischen Yōkai. Ihnen werden oft magische Kräfte zugesprochen.

HENGEYŌKAI

Wenn sie ihre Gestalt
wandeln können, heißen sie
Hengeyōkai. Sie nehmen
oft Frauengestalt an oder
andersrum, Frauen werden
zu Katzen oder Füchsen.
Kitsune, die Füchse, sind
die heiligen Tiere von Inari,
der Fuchsgöttin. Als solche
sind sie Glücksbringerinnen.
Immer wieder finde ich die
Verbindung von Tieren,
übernatürlichen Wesen,
Frauen, Verkörperungen
von wilden Naturkräften,
von einem sehr ambivalen-
ten Verhältnis zu diesen
Wesen und Kräften. Sie
entziehen sich der Kontrolle,
der Ordnung, dem Herr-
schaftsbereich der Menschen.
Sie sind unbequem, sie
fordern besondere Weisen

des Umgangs, Beherztheit,
eigene Wildnisfähigkeiten.
Dann werden sie, wenn
sie möchten, hilfreiche,
unterstützende Wesen. In
Japan haben Menschen und
Füchse einstmals eng zu-
sammengelebt. Sie können
fliegen, Illusionen erzeugen
und je älter sie sind, desto
machtvoller werden sind.

TSUKUMOGAMI

Es gibt sogar so verrückte Schrate
wie die Tsukumogami, welches
ganz normale Haushaltsgegenstän-
de sind, die zu ihrem hundersten
Geburtstag lebendig werden. Ab
dann sind sie ein Strohsandalen-
Schrat oder ein Teekessel-Schrat.
Sowas Abgefahrenes wäre mir
gar nicht eingefallen. Und doch
gehört genau das zu den „Schamaninnen, Hausfrauen und anderen
Merkwürdigen". Vielleicht leben
wir längst mit etlichen Tsukumogami zusammen, wie alten Türen
und Schränken, vielleicht ist es
eine Urgroßmutterschere oder
Schmuckstücke, die längst Schrate
geworden sind. Das könnte so
manches erklären.

Manchmal scheint der Tanz mit
den Schraten, den Yōkai wie ein
absurder Traum. Er hat etwas
Groteskes, Verrücktes. Yuki Onna
ist eine geheimnisvolle Schneefrau,
die den Tod bringen kann oder
Sterbende hinüberbegleitet. Zu den
Yōkai gehört auch eine Berghexe,
mit der nicht zu spaßen ist und
einige sehr bizarre Wesen. Manche
tun scheinbar nur Unsinniges, wie
Moskitonetze zerschneiden.

Unter den Yōkai gibt es einige Katzenwesen. Die Geisterkatze Kaibyō, die Bakeneko oder die Glücksbringerin Maneki-neko. Das ist die Winkende Katze, die es tausendfach als Figur gibt und die in Häusern, Restaurants und Läden steht, um das Glück herbeizuwinken. Sie ist die Wiedergeburt der Göttin der Gnade, Kannon. Es gibt auch den Tempel der winkenden Katzen.

Im Kabuki-Theater wird die Bakeneko traditionell weiblich dargestellt. Die Verbindung von Katze, Frau, Gestaltwandel, Tod und Feminismus erzählt für mich von einer ur-alten Geschichte, in der alle Kräfte in Verbindung waren, in der Menschen verbunden waren mit der Wildnis, mit den wilden, schönen Landstrichen ihrer Seele, mit dem Tod, mit der wildweisen Närrinkraft.

Die Nekomata entspringen den Hauskatzen. Wenn diese sehr alt oder sehr körpergewichtig geworden sind, können sie Nekomata werden. Sie sind zauberkundig, verwandeln sich manchmal in alte Frauen und haben mehrere Schweife. Nekomata hat man sich seit der Edo-Zeit sogar tätowieren lassen und auf Kleidern abgebildet. Im Shinto wurden Katzen verehrt, die Nekogami. Sie schützen die Hauskatzen im Diesseits und im Jenseits. Zahlreiche Shinto-Schreine sind der Katzengottheit geweiht, es gibt Steinstelen und Grabstätten. Die in den Schreinen verehrten Katzengottheiten sind auch die Hüterinnen der Zeit. Ob Bastet sich zu den Schraten zählen würde? Bei Gottheiten ist das ja so eine Sache. Katalina hat ganz große Ohren bekommen, als sie von Katzentempeln und Schreinen gehört hat und dem Zauberkundig-Werden mit zunehmendem Alter. Dann könne das mit dem Fliegen doch noch klappen, meinte sie und das wären doch rosige Aussichten.

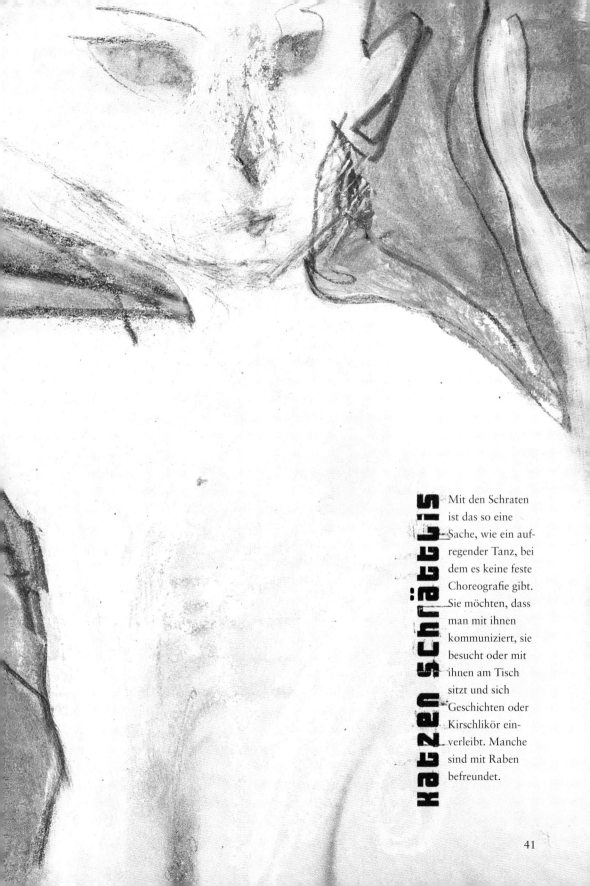

katzen schrättlis

Mit den Schraten ist das so eine Sache, wie ein aufregender Tanz, bei dem es keine feste Choreografie gibt. Sie möchten, dass man mit ihnen kommuniziert, sie besucht oder mit ihnen am Tisch sitzt und sich Geschichten oder Kirschlikör einverleibt. Manche sind mit Raben befreundet.

41

Katzenschrate haben sich gezeigt, um in Kontakt zu gehen. Sie erzählen Geschichten, zeigen ihre Handtaschen oder pflücken Briefe aus der Luft. Eines sagt, sie heiße Polara und es sei wichtig, dass es dasteht. Weil sie Polara heißt, hat sie das Handtaschenlabel Nordar. Sie liebe gepunktete Handtaschen. Polka-dotted, das lieben sie alle. Schon das Wort lieben sie. Warum lieben die Schrättlis Punkte? Vor allem das Wort polka-dotted, getupft. Warum nur? Eine Frage für fragdoch@himmel.de

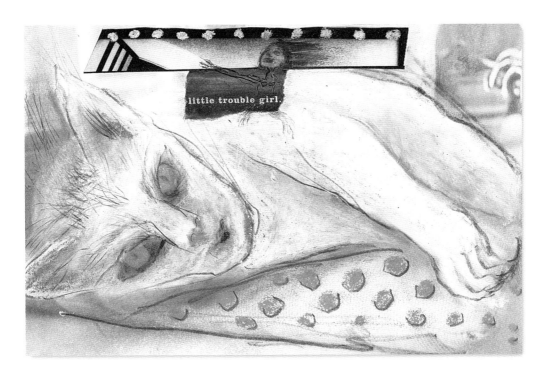

Eines liest Zeitung und sagt gleich, dass es nicht gestört werden will. Man könne es anschauen oder filmen, aber bitte niemand eine Frage stellen. Ein kleines, sehr empörtes Katzenschrättlein ist auch dabei. Vor lauter Hudeln und Empörung verhaspelt es sich. Es ist durchzuckt und sehr empört. Auch sein Spirit spuckt, vielleicht aus Solidarität oder weil er selber züntig ist.

Eines träumt gerade, ohne Punkte. Der Traum kommt von links und geht durch den Traumhut und rechts wieder raus.

Das Sprachgenuschle ist ein Problem. Wir sollen uns darüber keine Gedanken machen, sagen sie. Wir könnten die Botschaften erahnen oder schmecken. In dem Land, aus dem sie kommen, sitzen die Botschaften am Wegrand, seltsam verkleidet. Vielleicht fallen sie von den Bäumen. Manche werden von Katzen gepflückt und in Körbe gelegt. Andere singen sich wie Würmer ins Ohr. Die Botschaften weiten den Raum. Wie, das ist wissenschaftlich nicht nachgewiesen, weil kaum Touristen oder Forschende kommen, da das Geländes unwegsam ist und die Sprachthematik erschwerend hinzu kommt.

Katalina kommt punktuell ins Spiel, immer wenn sie will und nie, wenn sie nicht will. Das hätte sie mit sich für diese Inkarnation so vereinbart. Sie sagt, wenn die Himbeermaus, mit der sie eng befreundet ist, zum Film geht, dann sie auch. Es ist unklar, ob es sich bei ihr um eine Katze handelt oder um einen Katzenschrat. Das war von Anfang an so. Sie sieht die Geister im Haus, sie kann lachen und nachts singt sie manchmal. Das klingt, als würde von weit her eine Frau mit einer ganz hohen Stimme singen. Das Lachen und das Singen haben etwas Glockenhelles. Vielleicht habe ich mir damals auf dem Markt in Espinosa ein kleines Schrättlein mitgenommen, ohne es zu wissen.

Schrättl-Talk

Abfallteile in verpfuschte Radierungen kleben. An einer
Hausmauer stehen, vielleicht in einem fremden Land.
Stehen und schauen. Es kommen ein paar Schrättlis vor-
bei, Ortsgeister, die die leeren Häuser bewohnen. Eines
hat eine polka-dotted Bluse. Es kommt vom Einkaufen.
Hola, sagt es, servus, griaß di, hoi, salü oder sowas. Ich
frage, was es in seiner Tasche hat. „Später." Es hat einen
Langnasenspirit. Er ist geweiht und steht sicher auf der
Abbruchkante. „Alles ist nicht wie schon mal," sagt
es. Ja, das finde ich auch. „Luag, in der Tasche ist ein
Kriksel, jetzt weißt du es." Was für eine Begegnung. Auf
einmal ist es weg. Weiter dastehen.

Ein Augenschrat bläst mir einen roten
Strich ein.

Eine Leiter im Nebel. Es kommt eines
mit einer Art Koffer. „Möchtest du ihn?
Du könntest ihn zu einem Lebenskoffer
machen. Zeug hast du ja genug."
Es hätte gerne meinen getupften Geld-
beutel. Hauptsache was Getupftes. Auf
den gelungenen Deal raucht es eine Pfeife.

Ein anderes Schrättli erzählt ganz viel.
Sein kleiner Spirit wartet auf dem rosa
Absatz links. Es spricht leise und in die
andere Richtung. Man unterschätze den
klitzekleinen Spirit nicht.

Wenn man lange genug an einer Hausmauer steht, finden köstliche Begegnungen statt.
Mit diesem ist es sehr bereichernd. Fadengrad kommt eine Geschichte angeflogen. Fffffft und schon ist sie eingeatmet.

Ein Katzenschrättlein, es ist auf dem Weg ins Katzenhaus. Wir haben uns verratscht und dabei die ganzen Flaschen ausgetrunken. Jetzt kann es nochmal losgehen. Was nicht weiter schlimm ist, weil es starke Wadeln hat und der Tag noch lang ist.

Dann kommt ein altes Schretel. Es ist unterwegs und bietet Vögeln einen Nistplatz im Haar an.
Es könne Dinge ins Rollen bringen, wenn man möchte. Man möge gut überlegen, denn für das
Aufhalten sei sie nicht zuständig.

Auf den ersten Blick scheint
es ein ganz normales Haus
zu sein, in dem Katzen leben.
Dann kippt das Ganze. Eine
Lampe im Fenster und Blut-
blumen. Was ist jetzt los?
Dieses Rot macht mich un-
ruhig. Notizen, die nicht
zu lesen sind. Ist es die Zeit
des Konservierens? Fisch in

Lacque de Garance? Manches
passiert hinter den Gardinen,
wie die Neongeschichten.
Katzenschrate und Befreundete wohnen im Haus der
Katzen. Es ist ein Geister-
haus. Sie krikseln asiatisches
Zeug an die Fensterscheiben,
obwohl sie wissen, dass es
unverständlich ist.

Einmal habe ich gesagt, ich würde eine Schrättlibox bauen und sie in den Wind hängen, wenn sie mir zu sehr auf der Nase herumtanzen. Sie haben die Idee aufgegriffen und schaukeln seitdem immer mal in ihrer Schrättlibox. So ist diesbezüglich kein Wind mehr in meinen Segeln.

Die Katzenschrate sind sehr mit ihren Besuchen beschäftigt. Rosa Licht zeigt, es ist Besuch da.

Ein Katzenschrättlein mit einer älteren Frau, die für ihr Katzenschrättlein alles macht – Koffer packen, Bahnfahrkarten kaufen und es im Falle eines Streiks auf dem Fahrrad ins Katzenhaus fahren. Das Katzenschrättlein heißt „n". Es heißt klein n, weil es noch klein ist und wenn es groß ist, heißt es groß N.

Seine Geschichte fällt aus der Tasche: „n ruhte und freute sich. Schöpfung segnete den guten Tag - oha - und heiligte sie." Manchmal kommen Vogelschrate und andere zu Besuch. Das Gespräch ist dann blau und es klingt seltsam.

Eine besondere Spezies der Schrate stellt sich nun vor. Ein Boot auf schiefer Ebene, ein Leiterspirit. Dieses Schrättli ist spezialisiert auf verlorene Träume. Wo sind die verlorenen Träume geblieben? Es könnte dorthin führen, wo das Verlorene aufbewahrt wird. Es findet die verlorenen Träume.

Hier sind wir bei
einem zu Hause.
Es lebt polka dot-
ted. Wir können
einen Blick in die
Wohnung werfen.
Der Wind weht
durch die gestick-
ten Muster der
Vorhänge. Es sei
ein Neuzeitspirit,
auch wenn alles
etwas zopfert
aussieht, man
solle sich nicht
täuschen lassen,
grundsätzlich.

Sie kennt sich aus mit Blickrichtungen
und ist mit dem Nebel befreundet.

MIT WEM BIST DU BEFREUNDET?

Sie hat erklärt, wenn man sich mit ihr befreunden möchte, was schon möglich sei, dann möge man mit ihr Shoppen gehen. Daran sei sie sehr interessiert – an schönen gepunkteten Taschen und Schuhen und am besten immer drei Teile gemeinsam kaufen, deswegen die 3 oben, dann erinnere man sich besser an die Begleitumstände.

Es ist jede Menge Abfall in den Eimern. Das Schrättli hütet den Schutt, weil es ein Heiligschrättli ist. Es tut gerne heilig. Dafür trägt es solche Gewänder, mit goldenen Polka Dots und roten Schuhen. Zur Harmonisierung hat es zwei Spirits. Wer immer schon mal heilig sein wollte, kann hier was lernen.

Ein Geschichtenschrättli, es erzählt von den Bergen, von Geißen und vom Schnee, vom Alpengluh und es hat so viele Botschaften, die es verschickt.

Jetzt ändert sich etwas. Dieses Schrättlein scheint wild zu sein. Vielleicht mag man gar nicht genau wissen, was das für eines ist. Wobei die Schrate ja sagen, dass sie uns manchmal in unser Kopfkino schauen lassen, wie in einen Spiegel.
Wir sähen eh nur das, was auf unserer Hirnkirmes los ist.

Dem linken Schrättlein wird etwas eingeblasen von seinem Spirit. Es ist hochkonzentriert und hört sehr genau zu. Pfffffffft, hier rein, hier raus. Es wird schon was hängenbleiben, entspannt vertrauen, sagt es.

Dieses mit seinem kleinen Täschchen schaut gerne ganz lange durch alles durch. Dann wird die Zeit etwas weich und schmilzt. Das sei eine wichtige Technik für alle, die Angst vor Versäumnis haben. So wird die Zeit deine Verbündete.

Das ist ein Schrättl-Sixpack. Sie geben nützliche Tipps zu allgemeinen Lebensthemen und Einblicke in hochrealisierte Betrachtungen. Es sind welche, die eine große Affinität zu Nahrung haben.

Dieses ist spezialisiert auf Shapeshifting. Besungen, berührt, betanzt - und schon - vom Apfel zur Birne. Nicht gleich die große Nummer. Wenn A zu B geworden ist, dann können wir weiterplanen. Nachvollziehbar.

Das hier mit den schönen Schuhen und dem Helmchen, in der Kombi von Schneeweißchenpunkten und Erdbeerrotpünktchen sagt: „Stilfrei, das wirft uns nach vorne. Gut genährt und stilfrei durchs Leben."

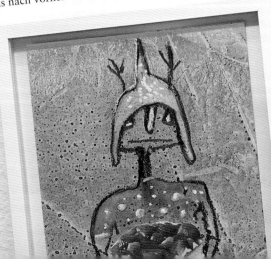

Viele Fragen tun sich auf. Was ist sinnvoll?
Wird es einen Engpass an roten Punkten geben? Müssen wir vorsorgen? Was nährt mich
wirklich gut? Wo will noch was ausgekostet
werden? Lauter so grundsätzliche Fragen.

Tomatenrot auf den Lippen,
auf den Krallen und im Topf.
Hochemotional. So viel wissen
wir. „Auskosten," sagt es, sei
das Motto.

Dieses erforscht den gradge-
nauen Fall von angebissenen
Brotzeiten. Die Zeit ist dem Brot
immer ein bisschen voraus. Das
irritiert das Schrättli. Und auch,
warum diese Forschung nicht
finanziert wird.

Dieses Schrättli, obwohl es nicht so ausbalanciert
wirkt, ist es das. „Mit 4 bist du immer ausbalanciert." Es beobachtet Streuungen und Ballungen
und Wolkenbildungen in der Kala.

Das letzte möchte Rote Punkte konservieren
für Umstände, in denen Tupfer rar sind.
Es spuckt die Polka dots in die Luft und
glanzrollt sie im Konfitürenglas zusammen.

Was sich durchzieht ist die Wichtigkeit von ROT. Es geht um Herzblutungeheuerlichkeiten, um scheinbar Harmloses, um Ungeniertes, um eine Geschichte von der Lust auf Tiger und andere Wunderdinge. Katzenschrate und Anverwandte bespielen uns.

Was ist das hier? Ein Kontakt. It means ... ja was? Eine Kontaktaufnahme zwischen zwei Unterschiedlichen. So geht es. Sie zeigen es. Sie sagen, es braucht Rot dafür. Auf den Lippen, im Herz und auch im Hintergrund. Das Gewand braucht nicht Rot sein. Auf der Zunge ist Rot auch gut. Und so einen Kontakt, den kann man als Erfahrung in der Tasche mitnehmen.

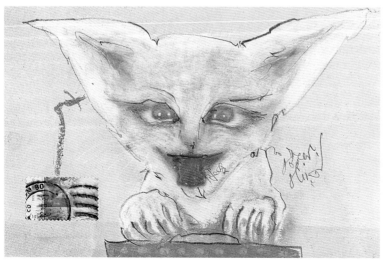

Rot auf der Zunge – das lässt das Katzenschrättlein unverblümt Dinge sagen. Vielleicht Herzblutungeheuerlichkeiten. Es ist klein und undiplomatisch. Irgendwann ist es groß und undiplomatisch. Weil es ein Confront-Schrättlein ist. Sag´s oder schreib´s, egal, Hauptsache raus damit. Die Krallen gut geschärft und gelackt, das hilft dabei.

Dieses
ist ein
Hunde-
schrättli.
Es schaut
so harm-
los aus.
So soll es
sein. Es ist
nämlich
indiskret.
Ganz
heimlich.
Es geht
dorthin,
wo Ge-
heimnisse
sind und
die schaut
es sich an.
Und es ge-
niert sich
NICHT.
Harmlose
polka-dot-
Kleidchen
werfen
dich nach
vorne,
wenn du
Geheim-
nisse
aufspüren
willst,
sagt es.
Stealthily,
sweetly
and oh so
indis-
creetly.

Manchmal sind Katzen-
und Hundeschrate
miteinander befreundet.
Dann singen sie:
„Teach me tiger, how to
kiss you, touch me tiger,
wah wah wah wah".

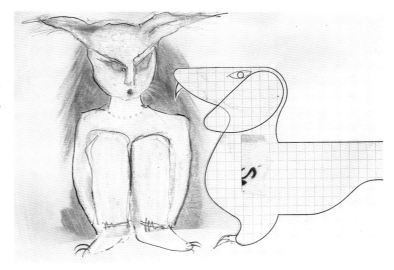

Hallo. Hier horcht eines auf die Einflüsterungen seines Mausspirits. Es könne uns ein
Feuerwerk schenken. Es zündet unnütze Lebensverträge an, lila Rauch steigt auf und schon
hast du den perfekten Budenzauber. Kakoi sürprise. Du kannst das Zeug auch in der Tüte
rauchen. Mut ist, auch wenn ...

Dieses Schrättli namens Lidari weiß was von Verdauung und inneren Transform-Prozessen.
Alles notiert, was Transformation braucht, gut gekaut, verdaut und ausgeschieden. Lidari knuspert
blitzschnell und erforscht, wie sich das Rot verwandelt. Oans, zwoa, drei, transformiert is.

Rot zieht sich durch. Rot hat viele Vorteile. Das große Schrättlein schreibt all die Vorteile von Rot auf für das Babyschrättli. Rote Lippen sollst du küssen und so. Wenn sich Kätzchen zum Beispiel ein bisschen Blutrot auf die Lippen schmieren, dann könnte das mit dem Tiger klappen.

Changing the way we do things. Das könnte die Lösung sein, immer, für alles.

Das Schrötlein sagt, wenn du dich für das ganz Oben interessierst, dann achte auf einen guten Stand. Das ist das A und O. Unten breit gemacht, die Krallen in den Boden, dann ins Becken geatmet und ... zack, schon steigt die Kundalini hoch bis in die Augen. Und die sehen Wunderdinge wie polka-dotted Handtaschen oder rosa Doseneingänge. Das geht nur, wenn das Grounding stimmt.

Smart. Very smart.

Dieses Schrättlein hat gerade ein Sommerkleidchen zerrissen. Smart, very smart, findet auch sein Maus-spirit.

Wenn der Blues kommt – remember – da war doch was. Verleibe dir die beste Schoki ein, die es gibt, nur dem Blues keinen Aufwind geben.

Manchmal suchen wir ihn, den Moment. Wo ist er?
Die Katzenschrättlis bieten Findungshilfen an. Ordnungs-
zerlegungen könnten den Moment zum Vorschein
bringen. Maybe the moment is under a pile. Maybe Ja,
maybe Nein. Garantien gibt es keine. Immerhin, frische
Winde sind aufgekommen und der kleine Schockmoment,
wenn es die Ordnung zerlegt, könnte ausreichen, um
wieder in den Moment zurückzukehren.

Polka-dotted Grün im Kleid lässt aufhorchen. Gut, wenn
die Spirits farblich zum Outfit passen. Sie sagt den Schrate-
satz „If you want me, I will be the one". Man könne
mit ihnen allen unterwegs sein. Alle seien sie spezialisiert
auf etwas. Sie begleiten, diagnostizieren präzise. Ja gut,
manchmal gnadenlos, weil sie in Bereiche führen können,
die suboptimal sind. Es will überlegt sein.

Es ist Kirschblütenzeit.
Die Yōkai kommen, die
asiatischen Schrate.
Es begüßt uns der Spirit
von Yuki Onna, der
Schneefrau. Ihre Haare
sind knielang und sie ist
mit dem Schnee befreun-
det. Manchmal warnt sie
vor Schneestürmen und
manchmal lässt sie etwas
einfrieren. Sie wirkt ein

bisschen transparent und
es gibt viele Geschichten
über sie. Die Menschen
in Bayern und dem Al-
penraum könnten mehr
mit ihr zu tun haben,
wenn sie möchten. Weil
es da mehr schneit und
das braucht es für den
Kontakt. Manche sagen,
sie war einmal eine
Mondprinzessin, der es
fad wurde.

Weil sie abenteuerfreudig
war, ist sie auf die Erde
gekommen. Ihr Spirit ist
eine Schneeflocke mit
Schnabel. Er flüstert ihr
zu, wie die Wege der
Menschen durch den
Winter sind.

Die linke Yōkai ist nicht
zu verwechseln mit
Yuki Onna. Es könnte
Yamauba sein, eine
Berghexe. Sie sagt, die
seltsamen Legenden über
sie stimmten nicht, sie
lebe in einem kleinen
Häuschen im Wald, tief
in den Bergen Japans.
Wer sie aufsuche, solle es
sich dreimal überlegen.
Weil? Naja, Japan sei
weit, die Flüge teuer und
am Schluß sei sie nicht
zu Hause, deshalb.
Ihr Spirit schläft gerne
in einem Chilling-Sack.
Aber wer weiß schon,
ob das ihr Spirit ist.
Wenn eine zu viel weiß
und seltsame Dinge tut
und nichts tut, um zu
gefallen, dann macht
das manchen Angst
und dann erzählen sie
schaurige Geschichten.
Alles Blödsinn. Yamauba
ist eine uralte Yōkai der
Wälder, die Wildseelen-
geschichten zubereitet
und homöopathisch
verschüttelt, sie einem
einflößt und in die
wildesten Landstriche
der Seele führt.

Auf diese Begegnung hin tut ein Kirschlikör gut. Den macht das Kirschschrättli. Im Frühling sammelt es die Blüten und später die Früchte. Es malt sich Leitern, wenn es in die Kirschbäume steigen möchte. Nachts lädt es andere Schrate zu Kirschlikörparties ein. Katzen nehmen daran auch gerne teil. Oben auf seiner Leiter sitzt eines, das mit Verspeisungsforschung beschäftigt ist, Schnipselverspeisung. Es pickt Überbleibsel von alten Geschichten auf und kennt sich aus mit dem Verdauen von Altlasten, den kleinen Resten von Geschichten, die übersehen worden sind. Diese Fitzel wollen gesehen und einverleibt und verdaut sein. Bei Bedarf könne man es rufen, es hilft gerne, wenn es einen Verdauungsschnaps bekommt.

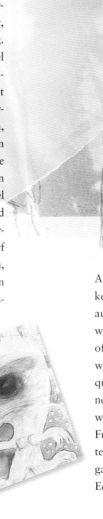

墨梅（册页）　清·赵

Auch das Linke kennt sich aus mit etwas, das noch offen ist. Es wartet. Some questions still needing answers. Solche Fragen warten manchmal ganz still im Eck.

Das ist ina, ein Vogelschrättli. Es pfeift auf so Manches. Ina sammelt wunde Punkte in ihrem Täschchen und notiert sich die Fundstellen auf ihrem Kleid. Ihr Spirit ist sehr zart. Er berät ina, wie sie auf die wunden Punkte pfeifen kann. Sie sagt, man könne sie rufen, bevor man sich blöd schämt und ausblutet. Dann gibt sie einem das Lied zum Pfeifen und trägt den wunden Punkt zur Entsorgungsstelle.

Das letzte Yōkai-Schrättli liest eine Geschichte. Es erforscht, wie man sich Geschichten am besten einverleibt, also die Kraft und das Wissen von Geschichten. Es isst einen Teil der Seiten. Dann liest es laut und inhaliert dabei. Deshalb ist von der Geschichte nicht mehr alles vorhanden. „Der lichte Mond taucht. Ein Atemzug über der Hoch stiegen hatten, Stern. Schwer Aufgang. Schimmer alle Blicke nicht er feierlich für Temp unt von und uns w k." Jetzt macht es das Licht aus und dann ist Nacht.

f o u n d

Restmüll

Auf der Reise geht es oft um scheinbare Zufälle. Zufällig Gefundenes, Kunst und Müll, Entwerten – Verwerten – Neubewerten. Das ist die Geschichte eines alten Buches, das im Wertstoffhof entsorgt wird. Dort wird es gefunden, mitgenommen, gestaltet und neu bewertet. Das Buch könnte ein Kunstbuch werden und eine neue Wertschätzung erfahren. Da es ein Haushaltsbuch ist, geht es auch um Hausfrauen und andere Merkwürdige, alsda sind Schrate und Geister, die das Buch bewohnen, sowie die Wesenheiten der Geschichten.

Schamaninnen, Hausfrauen und andere Merkwürdige schieben sich herein. Ausprobieren, in bewertungsfreien Zonen spielen. Die seltsamen Geschichten der Bücher heben. Müllschrate und Substanzenschrättlis kommen zum Gespräch. „Was wolltest du schon immer mal mit Büchern machen?"

Und was war absolutes Tabu? Genau das machen, jetzt, wild und leidenschaftlich, regellos, reinschneiden, anbrennen, Löcher bohren und in tiefere Schichten schauen. Geheime Orte schaffen, reinkrikseln, Spucke dazu und Küchensubstanzen. Neubeworten und sich in verrückten Geschichten verlieren. Unerlaubtes tun, lustvoll, Erlaubniserteilungslieder singen und vieles mehr.

Fündig geworden – der Schatz im Restmüll

Werte können im Wertstoffhof gefunden werden. Wertstoffschätze.

Inspiration. In die Entsorgungsbehältnisse geluagt.

Wertschatz-Wertstoffschatzwertsichtungen vorgenommen.

Sichten - sortier, sortier, sortier. Enjoy

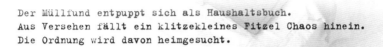

```
So ist es passiert:

Sie wollte zu den Rändern der rationalen Welt.
Bis zum Containerrand ist sie gekommen.
Sorglos hat sie sich ein entsorgtes Teil geholt.
In einem Verwertschätzungsakt wird sie den Restwert heben.
Echters Werte.
```

Wir begeben uns jetzt in ein Neubewertungsgeschehen.

Von der Sortierstation in die Wandelstation.

```
Der Müllfund entpuppt sich als Haushaltsbuch.
Aus Versehen fällt ein klitzekleines Fitzel Chaos hinein.
Die Ordnung wird davon heimgesucht.
```

Da murmelt sich was her. Mi anoncos min.

Nie dat je bang is. Men du kan inte

så lätt rädd. Fordi du ermodig.

Hallo! Ist da wer?

Wer wohnt denn da?

Ich kann noch nichts sehen,

ich spüre sie nur.

Hausgeister, Schrate und

die Gestalten der Geschichten

beginnen, den Ort zu bewohnen.

So ein Geschmier. Ist das ein Wertschätzungsakt? Dieses Reinschmieren. Aus jedem Loch kommt etwas. Wortfäden und Buchstabensalate. Die Geister reden miteinander. Anagramme Stadtgespräch. Ja wer da alles drin wohnt, mit so einem Kauderwelsch. La historia debe ser reescrita. Rewritten. So ein Schmarrn.

Geschreddert und zerfleddert, das macht Freiraum. Als ob das Sinn macht. Vielleicht soll es das gar nicht? Na da haben sich die Werte ja gewaltig gewandelt. Wild und hemmungslos einen Blättersalat machen. Alles vernudeln. Was, wenn es nur mehr eBooks gibt? Am besten so lange buchenthemmt agieren, solange es noch Bücher gibt. Knautschen und reißen, was das Zeug hält.

Die Geister kennen
den kulturellen
Wert der Unordnung.
Sie streuen ihn
in die Augen
von Hausfrauen.

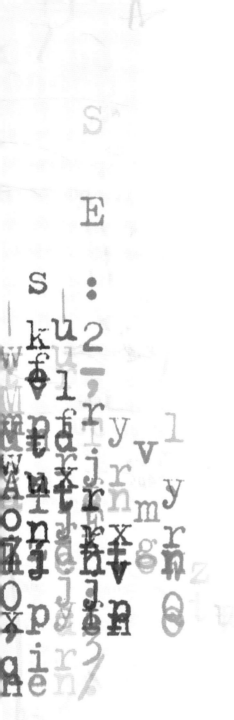

Hier ist sogar ein geheimer Ort. Ob das eine Geister-
wohnung ist? Man könnte kleine Sünden reinpacken
und unnützes Zeug. Etwas Unerlaubtes. Oder was
ganz Heiliges.

Man könnte Verrücktheiten sammeln und eigenhän-
dig hineinlegen. Und nicht nur die kleinen Sünden,
sondern alles, worauf man gerade Lust hat. Auch Geschichten. Echte und erfundene, diese „Es-war-ein-
mal-Geschichten", was ganz Ungeheuerliches auch.
Da ist Platz. Der Schatz im Sünden-, im Schürzen-
sünden-, im Schürzenrock. Schätze heben. Geheimnisse entdecken. Wertschatzsichtungen vornehmen.
Nicht wissen, was drin ist. Das ist ein Wagnis, da
reinzugehen. Bis an den Schürzenrand. An den Rand
des Bekannten. Wo dann die Geheimnisse dahinter
kommen. Warten ... das Warten kann dauern, bis hin
zum fad Sein ... warten und schauen.

Gegenstandsverwahrungsort – Restschätze – Werte-
schachtel. Bisher Unverbundenes an den geheimen
Geschichtenort legen und warten auf die neue Geschichte, die sich da ergibt aus Katzenhaaren, einem
Schrättliportrait, dem Knopf und anderen bedeuten-
den Dingen.

Reingekleckst, patsch und rumgeschmiert-
den Geistern gefällt's, das Klecksen. Frag-
würdig ist das alles schon. Es ist halt alles,
was ich immer schon mal mit einem Buch
machen wollte. Jetzt auch noch in Brand
gesetzt. Kritzeln, verspritzen, *Kriksel,
Kraksel, Krulle*, das ist so ein alter Zau-
berspruch zur Befreiung vom Ausdruck.
Dann arbeitet es sich aus einem heraus,
einfach drauflos, ganz befreit. Das Ver-
schmieren befreit.

Es entsteht hier was in Rot und niemand
weiß, was es genau werden soll. Zur sorg-
fältigen Beachtung für Geist und Gemüt.
Elierte kommen. Sie stehen an der Punkte-
linie mit dem Wolfsgeist und dem Geister-
schaf, die befreundet sind.

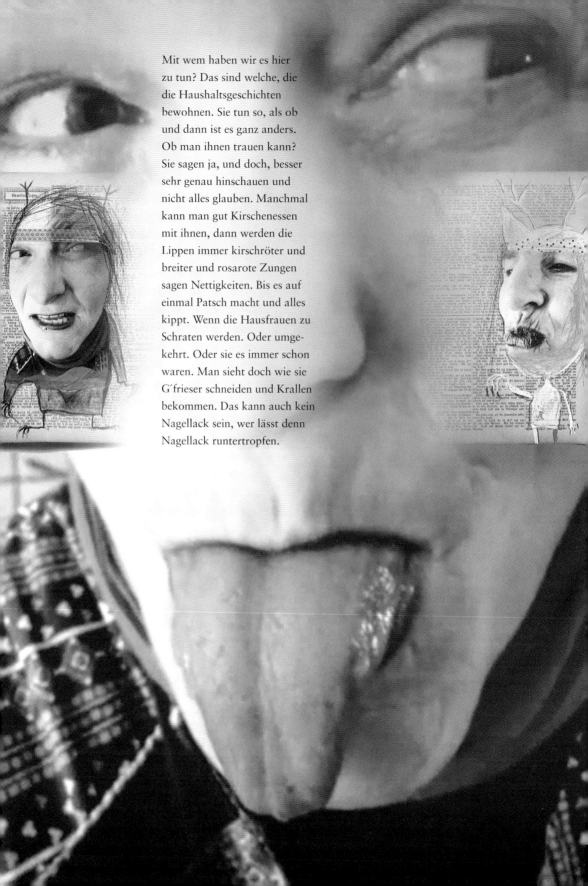

Mit wem haben wir es hier
zu tun? Das sind welche, die
die Haushaltsgeschichten
bewohnen. Sie tun so, als ob
und dann ist es ganz anders.
Ob man ihnen trauen kann?
Sie sagen ja, und doch, besser
sehr genau hinschauen und
nicht alles glauben. Manchmal
kann man gut Kirschenessen
mit ihnen, dann werden die
Lippen immer kirschröter und
breiter und rosarote Zungen
sagen Nettigkeiten. Bis es auf
einmal Patsch macht und alles
kippt. Wenn die Hausfrauen zu
Schraten werden. Oder umgekehrt. Oder sie es immer schon
waren. Man sieht doch wie sie
G'frieser schneiden und Krallen
bekommen. Das kann auch kein
Nagellack sein, wer lässt denn
Nagellack runtertropfen.

Der 7. Tag ist eben nicht der letzte. Das ist ein alter Irrtum. In Mülleimern befinden sich die wirklichen Wahrheiten. Irrtümer können bereinigt werden. Wir sparen aber nichts dabei.

Die Geister sind überall, sie möchten in Kontakt gehen. Restmüllfunde, Wertstoffsichtungen, Verwertstofflichungsgeschichten neubewerten.

Ein Müllschrättlein wohnt im Haushaltsbuch. Es zieht Geschirrgeschichten aus dem Abfall und serviert Wiederverwertungsspartipps. Es ist ein Restmüllspezialist. Deswegen mag es auch Gröstl und Eintopf, weil man da alle Reste reinmachen kann. Dann machen wir halt sowas. Orange und was Grünes rein und auch Gelb. Manches ist eckiger und dann wieder nicht. Eckiges aus runden Behältnissen ... koste.

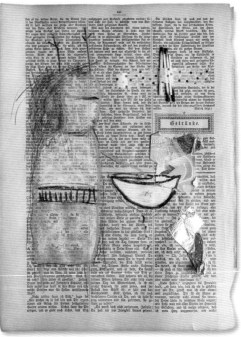

Ein Substanzentopf zur Befüllung mit Restwerten. Ein Fitzel Gelb, was Gestreiftes, ein paar Buckstaben verwerten, ein russisch Brotwort, welches geheim ist ... und den Deckel drauf. Sortieren, notieren, einreiben, ordnen, luagen, wieder sortieren, notieren und so weiter. Eine Leiter, damit der Duft in den Himmel steigen kann.

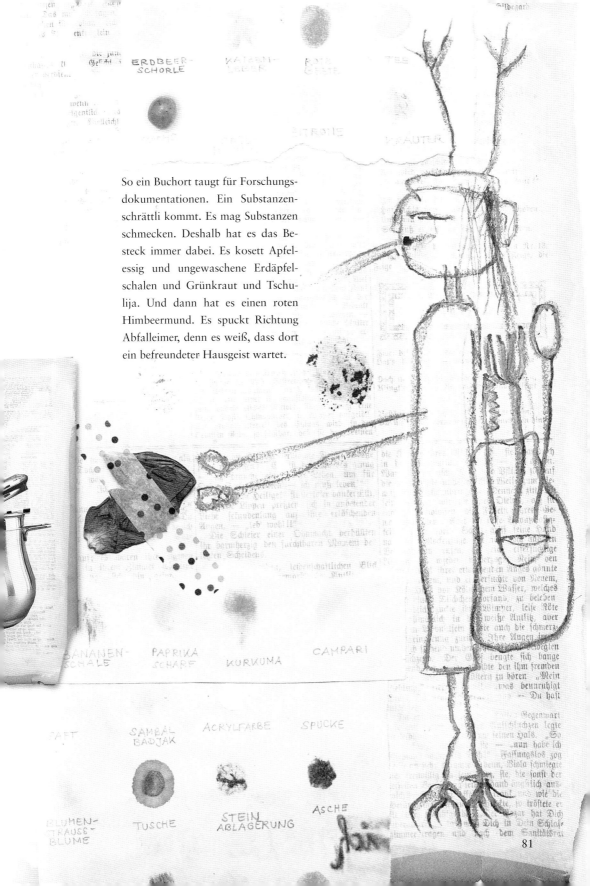

So ein Buchort taugt für Forschungs-
dokumentationen. Ein Substanzen-
schrättli kommt. Es mag Substanzen
schmecken. Deshalb hat es das Be-
steck immer dabei. Es kosett Apfel-
essig und ungewaschene Erdäpfel-
schalen und Grünkraut und Tschu-
lija. Und dann hat es einen roten
Himbeermund. Es spuckt Richtung
Abfalleimer, denn es weiß, dass dort
ein befreundeter Hausgeist wartet.

Das gehaltene Haus kann schnell zu klein werden. Dann gilt es, in den offenen Raum zu tanzen.

Man könnte das Buch jetzt eingraben und schlafen lassen oder in den Wind hängen. Oder man steckt es in den Ofen zur Befeuerung. Man könnte alle Lieder heraussingen, die darin sind. Und neue rein.

Was, wenn man es in eine 5-Liter-flasche stopft und als Flaschenpost losschickt. Weit übers Meer und es sich dort, am anderen Ende der Welt entfaltet mit all den Schraten und den Sünden an dem geheimen Ort, mit den ganzen Informationen? Und den Geistern, was dann? Und wenn dort dann das Perfekte stirbt? Oder das Ordentliche erkrankt? Dann bin ich schuld. Na is hoid so.

„Geh immer wieder an die Ränder", sagen sie. „Und noch ein Stück weiter."

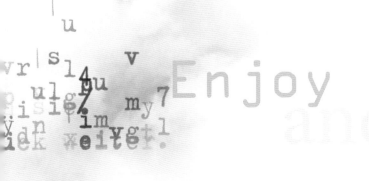

Die Närrin kann
überall zu Hause
sein. Bei Schamanin-
nen, Hausfrauen und
anderen Merkwürdi-
gen wohnt sie gerne
den alltäglichen
Abläufen bei, wie
Einkaufen, Kochen,
Essen. Ihre Medizin
verströmt sich und
gibt wichtige Im-
pulse ins scheinbare
Routinegeschehen.
Schräge Gesänge
und geheimnisvolle
Dinge in alltägliche
Abläufe einweben.
Manchmal wird es
unscharf und ein
seltsamer Lichteinfall
mischt sich dazu.
So ist Alltag, so ist
eigentlich auch das
ganze Universum.

Verrückte Sachen
machen. Sie hinein-
streuen in Normali-
täten. Tempi ändern,
Slow Motion beim
Kochen, dann wieder
Normalmodus.

Im Zeitlupentempo
Gemüse schneiden
und dabei tanzen.
Immer wieder
tanzen, das ist ganz
wichtig. Küchen sind
voll von Klanggerä-
ten, alsda sind Töpfe
und Kochlöffel, die
Eierschneideharfe,
Reiben für Ratschen-
töne und Holztöpfe,
Gläser oder Besteck-
kästen, die man im
Gesamten ruckeln
kann.
Küchen bieten sich
an für Messerperfor-
mances und Sinnlich-
keitserforschungen.
Eine sinnenfrohe
Kochlöffelpercus-
sion, zelebrierte
Alltagstätigkeiten,
sinnliche Entdeckun-
gen von Küchenall-
täglichkeiten, das
Lachen in die Suppe
gerührt.
Zauberlieder in
die Suppen singen,
feiern, lachen, das
hält lebendig.

Sich gegenseitig füttern, wie damals bei den Großmüttern, als sie Apfelschnitze in lachende Kindermünder geschoben haben. Sich daneben benehmen, Münder aufreißen, Heißhunger am brodelnden Topf, naschen, juchzen, in Suppentöpfe spucken, heimlich Speisekammern plündern und die Crème von den Torten schlecken, alles schmunzelnd leugnen. Es krachen lassen, tanzen, wild sein, ungebärdig. Die Etiketten kaltstellen. Speisen befühlen, Nasen in Kochtöpfe halten, Gewürze shaken, Faxen machen und Geschichten erzählen.

Sollte eine geheimnisvolle Frau in einem Bild an der Wand hängen, könnte
man ihr mit einem ebenso geheimnisvollen Getränk zuprosten.
Wohlig müde am Kachelofen dösen, auch wenn noch nicht alles erledigt ist.
Der Tag fällt dann vielleicht in ein magisches Zeitloch.
Abwasch lässt versaute Innenangelegenheiten in neuem Glanz erscheinen.
Man könnte dabei in roten Schuhen tanzen oder mit kirschroten Lippen
schauerlich-schöne Geschichten von damals und aus dem Morgen erzählen.

Essen zelebrieren, spielerisch Köstlichkeiten einverleiben. Bewegungen vergrößern, wieder die Tempi und Bewegungsabläufe ändern. Wie bei dem Kinderspiel *Hänsel, Gretel, Hex*. Bei *Gretel* ist alles im Fluß, beim Wort *Hänsel* wiederholen sich die Bewegungen, die man gerade macht, solange, bis eine *Gretel* sagt. Dann läuft es wieder „normal". Bei *Hex* steht alles still. Das ist ein magischer Moment, das Innehalten, Gewahrwerden wo meine Hände, meine Augen gerade sind. Den Moment ganz spüren. Die Zeit bleibt stehen im Still Point. *Gretel* lässt es wieder weiterlaufen. Riechen, kosten, spüren. Die Brüche willkommen heißen, die Überraschungsmomente, das Merkwürdige, das Wundersame. Das gehaltene Haus hat einen geheimen Klang, der mit der Närrin an der Seite hörbar wird. Wie klingt mein Alltagsort? Wie singe ich mich durch meine Tage? Wie tanzt sich Spaghetti-Zubereitung und wie Kartoffel-brei-Verrührung? Die sinnlichen Momente beim Suppenkochen pflücken. Wasser, Feuer, Magie, Löffelzauber, Begegnungen lustvoll erforschen, von Mensch und Sellerie oder von Erdbeere und Katze. Danach wird nichts mehr so sein wie vorher.

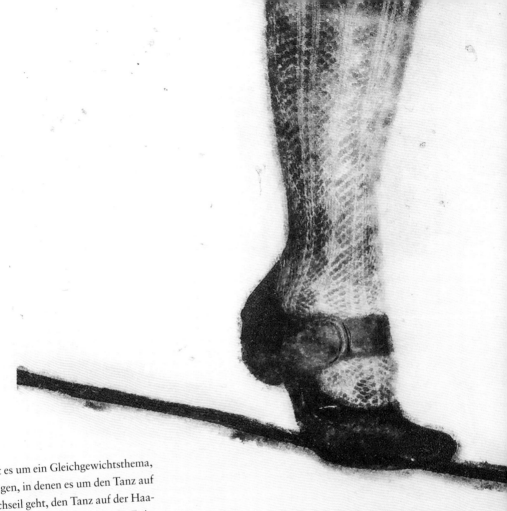

Jetzt geht es um ein Gleichgewichtsthema, für Passagen, in denen es um den Tanz auf dem Hochseil geht, den Tanz auf der Haaresbreite oder auf Messers Schneide. Es ist der Tanz zwischen den Welten, den Polen, zwischen Tag und Nacht, zwischen unserer Freiheit und den Einschränkungen im sozialen Gefüge. Da gilt es, das Gleichgewicht zu halten zwischen Ordnung und Chaos.

Dummerweise tut das niemand für uns. In schamanischen Gesellschaften gab es dafür die autorisierten heiligen Clownleute, die Heyokas, Närrinnen, Trickster, die MeisterInnen der Unordnung. Sie waren zuständig dafür, zu schauen, dass die universellen, die sozialen, die individuellen Kräfte in Balance sind und im Zweifelsfall aufzuzeigen, wo es nicht so ist und dann Möglichkeiten zu haben, wieder in Balance zu kommen. In Ermangelung dieser Zuständigen tragen wir heute selbst die Verantwortung dafür.

Einerseits blöd und auch wieder gut. Weil wir dann den Seiltanz lernen. Das ist ja eine schwierige Kunst, dieses sichere Gehen zwischen Struktur und Chaos, Geordnetem und Ungeordnetem. Das Gleichgewicht ist fragil. Das ist eine heikle Angelegenheit. Es braucht gutes Schuhwerk und das Wissen, wo ich gerade bin. Dann ganz den Moment packen. Vertrauen, dass die Welt nicht untergehen wird, wenn ich stolpere und falle. Fallend bin ich Teil der ewigen Erneuerung von Welt und Kosmos. Das ist eine Übung, mich und das Ganze nicht so ernst zu nehmen.

Was für ein Tanz! Der ewige Tanz zwischen Ordnung und Chaos, spüren, wie das Stabile wankt, ein Gegengewicht suchen, Contrary sein. Ordnungen werden gestört. Dem Chaos Raum geben, das Unstete erforschen, die 13 begrüßen, die die 12 erneuert und sehen, wie sich aus dem Chaos etwas Neues gebiert, wie es

sich wieder stabilisiert, ordnet. So lange, bis das Fremde wieder auftaucht und das Vertraute aufrüttelt, bis die Wildnis nach der Ordnung des Dorfes greift. Dann wird das Eindeutige widersprüchlich, dann zeigt das Weltgesetz seine Zerbrechlichkeit.

Dann tanzen wir **auf dem Hochseil über die Lücke**, über den Spalt. Wenn wir hineinschauen, ist das Chaos in der Welt zu sehen. Es gehört zu uns. Gut, wenn wir das Balancieren zwischen den Welten oder über dem Spalt schon gelernt haben ("Chaos", griech. "Spalt").

Ich bin nicht schwindelfrei, ich habe den Seiltanz nicht beigebracht bekommen. In meiner Schule gab es dafür keine Lehrkräfte. Workshops helfen nur bedingt weiter. Und, ich will auf dem Seil tanzen lernen. Ich ziehe meine Tracht an, mein Stammesgewand, damit mich das Universum zuordnen kann und ich **beim Absturz wieder in Bayern** lande. Dann balanciere ich, steigere die Höhen und den Schwierigkeitsgrad. Aus dem Chaosspalt heraus kann Gaia mir unter den Rock schauen. Das ist gut, **vielleicht lacht sie.**

INNER CLOWNS

Der Schrättl-Talk war die Einladung an Schrätt-lis, uns für eine Zeit zu bewohnen. Wir haben ihnen unsere Stimme, unsere Körper geliehen. Spiegelnd sind sie in Resonanz gegangen zu unserer inneren Clownin. Sie sind in dem Moment aufgetaucht, als wir so weit waren, mit unseren Identitäten zu spielen und über uns zu lachen, an dem wir mit unseren Schatten getanzt haben, an dem wir lachend unseren Wahrheiten begegnet sind, die sonst unter den Tisch gekehrt werden (natürlich nicht allen). "Was ist, darf sein, …". Ein Ja zu meiner Wahrheit, auch, wenn sie mir nicht gefällt, sie getanzt, darüber gelacht. Da wird Lebensenergie frei. Das war so eine Art Tribut, den wir der heiligen Clownin gezollt haben. Das nächste Wegstück war frei. Ein Blick auf die innere Clownin war möglich.

Wir alle haben sie in uns. Sie ist so eigen und einzigartig wie wir Menschenwesen. Poetisch oder ruppig-unverblümt, leidenschaftlich, derb oder skurril, fein oder gröber, bewegt, zart, wild oder verspult, gelb oder grün oder rosa. Auf der Reise ins Land der Närrin zeigen sich die Inner Clowns, Inner Fools, immer deutlicher. Diese Clownskraft in uns ist pur, direkt, sie gehört zum wahrsten und wildesten, zum unzivilisiertesten Teil von uns. Sie bringt das Lachen, sie sieht den Witzkern der Geschichten, sie weiß um den großen kosmischen Witz. Sie ist aufrichtig, komisch, unverbogen. Sie spielt keine Rolle, sie IST es. Sie wohnt in uns, auch wenn es erstmal so scheinen könnte, als spiele sie sich von Aussen her. Manchmal ist die Reise zu ihr lange und mühsam und immer lohnt sie sich. Es ist die Findung einer Urkraft. Eine Clownspersönlichkeit, ein Närrinwesen wohnt

Fooling and spumscri

das ist eine seltsame Angelegenheit ufvijflkofomfmfkfoknkvmcko
nshuddiuruihfjiurhiurhuiruihviuhviuv

in uns, das sich zeigen wird, wenn wir auf die Reise gehen. Es wird eine Liebesbeziehung zum Lachen werden, das uns hinter

Der Schrättl-Talk war eine Reiseetappe von Mea, Inga und mir, bei der wir ein Stück mehr von der eigenen Clownin erfahren haben. Wie sie spricht, wie sie sich bewegt, was sie zu sagen hat, wie sie ihren Humor tanzt. Für uns mittlere bis ältere Frauenwesen ist der Humor nährend, wenn es beispielswei-

die Angst trägt. Hindurchlachen durch die Angst vor Lächerlichkeit, vor Beschämung oder Strafe. Das Lachen ist mächtig und die Mächtigen fürchten es. Weil es die Angst aushebelt. So wie die Angst der Gegenpol zur Liebe ist, so kann der Humor die Angst antidotieren und wieder zum anderen Pol führen.

se um die Körperebene geht. Wir sprechen von schütteren Silberhaaren, Falten, Leibesfülle, Zahnwildnis, Doppelkinn, Augenringen und Ähnlichem. Die Clownin sagt: Hinschauen, es befühlen, es lachend tanzen. Das wäre die Kür. Beim Hinschauen hilft ein Zehnfach-Spiegel, das ist auch eine Clownsmethode, es lupenartig vergö-

ßern. Noch nicht einmal unsere heilige Sprit Maggie steht da drüber. Das Äußere ist ihr nicht so ganz wurscht und deshalb braucht sogar dafür sie den Humor.

Alle Menschen werden scheitern im Aufhaltwahn des Altwerdens. Wir können es leugnen, bekämpfen, beweinen oder anerkennen. Es bindet unterschiedlich viel Lebensenergie, in der Sache ändert es nichts. Wenn es eng wird in mir auf dem Weg durch die Irrlichterzonen der Medienbilder von Schönheit und Alter, dann führt mich die Clownin gut. Optikgespenster flackern umher wie lächerlich Dastehen, die komische Alte, unpassend gekleidet, ein bisschen zerfleddert, schäbig, ungepflegt, altmodisch, zopfert, ungeschminkt greißlich … bitte weiter ergänzen, alles, was so richtig gut kommt.

Und dann, als Abenteuer, als Mutprobe, als No-risk-no-fun-Geschichte genau so unterwges sein, zum Einkaufen, zur Arbeit, zum Bummeln oder sonstwohin. Gut, das geht nicht. Gar nicht. Etwas zurückfahren, ein kleines Fitzel aus dem Sortiment ausprobieren. Ran an die Kleiderschränke unserer Mütter und Väter (unbedingt beim gleichen Geschlecht bleiben, sonst könnte es kultig werden und das wollen wir vermeiden!). An den Schrank meiner Mutter – wie wollte ich niemals rumlaufen? Es ist ein El Dorado für dieses Abenteuer, wir werden sicher fündig. Mir ist alles zu klein, die Blusenknöpfe platzen fast, Hochwasserteile, zopferte Muster und Farbkombis, tonnenartige Röcke. Die Schuhe sind bequem, die Jacken warm, ich werde für viele unsichtbar, obwohl die Seidenstrümpfe schnell Laufmaschen haben. Wenn ich jetzt wirklich – WIRKLICH – "egal" sagen kann, "scheiß drauf", weil ich ja aus Bayern komme, wenn ich mich immer noch schön und lebendig fühle, wenn die Aussenspiegel keine Bedeutung haben und das Lachen bei mir ist, dann bin ich angekommen in der Freiheit der Närrin.

Was sind die Werkzeuge, Attribute, Insignien der Närrin, der Fools? Wie sehen die meinen aus? Eine Forschungsfrage. Zuerst einmal der Närrinhut, die Narrenkappe. Wie beim Narrenruf tauchen Tiere auf, Eselsohren oder der Hahnenkamm. Mein Närrinhut ist rot, ich habe ihn ihn im Schamaninhaus in Korea gesehen und wusste sofort, das ist er. Im Schamaninshop durfte ich ihn dann nicht erwerben, weil da der Spaß aufgehört hat. Ich bin mir sicher, dass ich von den Spirits aus schon gedurft hätte. Nun habe ich ihn halt nicht und nehme Vorlieb mit einem schwarzen Hut. Auch schön. Ein hiesiger. Und doch ...

Die rote Nase, der rote Punkt. Er ist das Erkennungsmerkmal hierzulande. Der Freischein. Das Nasenrot rutscht bei mir Richtung Mund und da ist es schnell verschmiert. Das passt besser. Bei anderen wäre es vielleicht gar kein Rot, nirgends, sondern ganz was anderes.

Ein klassisches Närrinattribut war der Spiegel. Die häufig gefundene Wissenschaftsdeutung ist ähnlich daneben wie bei den Spiegeln der SchamanInnen. Natürlich geht es nicht um Eitelkeiten, wie absurd, sondern um die uralte Spiegelkraft und Aufgabe der Schamanen-Narren. Das Spiegeln ist eines ihrer Hauptmerkmale. Oftmals waren sie nackt. Das geht bei uns auch schlecht in der Öffentlichkeit, noch dazu unautorisiert. Manche hatten kahlgeschorene Köpfe, andere wirre Haarbüschel. Oder ein Narrenschiff auf dem Kopf. Vieles davon war konträr zu den Machthabenden, dem Klerus, dem Bürgertum, dem Mainsteam. Contrary. Im Verhalten, Im Aussehen.

Es gab eine Peitsche aus Hanfseilen, die Karbatsche, ein Gegenstand, den ich von den TaigaschamanInnen kenne. Andere hatten einen Fuchsschwanz. Die Füchse gehören zu den Trickstertieren, wie Coyote oder Rabe. Das Stundenglas erzählt als Insignium von der Verbindung zur Tödin. Sie stehen hinter den gestorbenen Konzepten und Ordnungen, sie sind hinter die Angst davor gegangen. Davon träume ich ja nur. Muss sich großartig anfühlen. Manche haben Holzdegen. Die Waffen ad absurdum führen oder auf eine andere Ebene. Es gab die Marotte, eine Puppe, die ihnen ähnlich sah. Das finde ich auch speziell, die Vorstellung mit einer Puppe rumzulaufen, die so aussieht wie ich.

Auf dem Kopf der abendländischen Narren kennen wir die Narrenkappe, den Gugel. Das Gewand klingt, mit Glöckchen und Schellen. Schnabelschuhe, Quasten, Fransen, das Asymmetrische, Schräge, Gezackte. Die Gewänder waren oft aus verschiedenen Stoffen. Fetzengewänder gibt es mit Lumpenteilen oder Gewandteilen von Toten, halbgeteilte Gewänder, die Mi-Parti. Im eigenen Kleiderschrank gibt es sicher Närringewänder, welche, die uns in diese Energie bringen und welche, die das überhaupt nicht tun. Der gut überlegte Griff. Wann ist was angesagt.

Weil ich so gerne und so schlecht nähe, bin ich die ideale Fool-Schneiderin. Im Clan der Näherinnen, zu dem ich gehöre, habe ich meinen Platz gefunden. Ich kann gar nicht anders. Angekommen im Unperfekten, Geschluderten. Das, was ich nie sein wollte. Es fühlt sich ziemlich gut an. Angekommen eben.

Heid is Zeit.
Wir machen ein Trans-
formationsfeuer und
leiten einen Wandelvor-
gang ein. Zuerst einmal
den Boden bereiten und
das Grounding sichern.
Beizeiten braucht es ein
transform-Feuer, um all
das aus dem Lebens-
koffer zu entsorgen,
was hinderlich ist. Mit
den alten Zöpfen fängt
es an. Alles rein. Den
Lebenskoffer großzügig
ausmisten.

Und wenn der ganze

Geschreddertes, Datenmüll, Persönliches, Geheimes, Einstmals-
wichtiges. Es wird alles verbrannt, was Zeit ist, dass geht. Angst,
der Schnee von gestern, alt, zu kleiner oder zu groß, jedenfalls
unpassend, die heiligen Kühe, Gedankenwürmer, adiós, überholt,
zu eng, zu viel von allem ... A hauffa Zeig, Zeit werds!
Ein bisschen Öl ins Feuer gießen und Herzblut.
Mehrmals Herzblut dazu, das befeuert das Ganze.
Die Leichen aus dem Keller, aus dem Lebenskoffer geholt und
Geheimnisse, die überfällig sind, Seelenmüll und verstaubte
Konzepte ins transform-Feuer. Es ist die Zeit *in transformation*.

Schnee verbrennt, der Knochen bleibt uns doch.
transformed - Congratulation!

LEBENSKOFFERNEUENTDECKUNGEN

Aus der Asche entsteht ein neues Bild. Und weil es halt auch ein Bild ist und festlegt, egal wie gut es mir gefallen würde, wird es wieder losgelassen, in einem neuen Feuer. Solange, bis alle Bilder zu Asche geworden sind. Wieder braucht es Herzblut – nicht sparen damit.

HERZBLUT, KNOCHENSOUND UND EIDANZN!

Es könnte der Weg in eine große Freiheit sein, hinter alle Bilder. Mich nicht einrichten in Bildern. No Name. Etiketten herausschneiden. Wos Neis seng. Sich wandeln im Loslassen. Nix bleibt wias is. Aus nix werd wos und aus Wos werd nix. Und gwieß woass ma's a ned. Dann geht es nackt in den Frühling und Coyote lacht. Es ist die Geschichte von einer, die dachte, sie wüsste, wer sie sei.

DIE
ROSENROTE

that's not such a bad thing to be.

Hatch Show Print is Nashville's most amazing attraction and ...
...been owned and operated for the last se...
...fame, certainly no "underground" organi...
...kept secrets. The Hall of Famers sorta le...
...more interested in the place for its value...
...it has had on southern culture – and as a...
...shop, the way it's been run since 1879 so...
...(some do sell for as much as 150 bucks)...
...industry.

...hold

DIE KRAFT

Wortströme, Werbetexte, Gebrauchsanweisungen, Pin-Num-
mern, Formulare ... Manchmal ist es wie im strömenden
Regen stehen. Es prasselt auf uns ein, schnell, immerzu
strömend, bis man auf die Haut durchweicht und zugetextet
ist. Es ist die tägliche Routinekost unserer Zeit. Da wäre eine
Leerung wünschenswert. Papierkörbe bieten sich an, Wert-
stoffhöfe und Geister, welche den geleerten Raum bewohnen
möchten.

In Scheunenflohmärkten alte Bücher mitgenommen, sie ent-
leer und neu befüllt mit Schnipseln, Zeitschriftenfitzeln und
darübergekrikselt.
Mit Wörtern spielen, Grommolo-Gespräche führen und im
Geist beginnt eine Systemerneuerung. Der Rechtschreibreform
verdanke ich bereits eine gewisse Radikalität. Damals habe
ich etwas vom scheinbaren Ewigkeitswert dem Spielraum
anvertraut. Auf einmal war es wurscht, weil es eh keinen Be-
stand hatte. Das Schreiben und die Sprache ist seitdem freier
geworden. Im neuen Regelwerk bin ich nicht mehr sesshaft
geworden, sondern eine Sprachnomadin geblieben.
Auch zwischen zwei Buchdeckeln gab es einmal eine fest
gebundene Welt. Die Inhalte könnten längst überholt sein,
die Lehrsätze angestaubt. Jetzt könnte man das, was man mit
Büchern üblicherweise macht erweitern. Um eine Radikalent-
leerung. Das erste Mal beim Herausreißen des Buchblocks hat
es in mir einen Ruck gegeben. Bücher zerfleddern, bemalen,
ihrer Aufgabe entledigen – das erinnert an Schulsituationen,
an all die Buchtabus und auch an die Lust, reinzuschmieren,
Seiten einzureißen, Brennversuche zu starten und Ähnlichem.

Es war immer geheim, tabu, lustvoll, ungehörig, weil es an was ganz Heiliges ging, an die Bücher und ihre Inhalte. Es ist nur der erste Schritt, das erste Zögern, dann kommt Lust auf, so richtig. Bücher am Sonntag in den Regen legen und abends das Ergebnis befühlen hat auch was. Kurz nach dem Herausreißen des Buchblocks entsteht für einen Moment ein Nullraum. Destabilisierung, Dekonstruktion gefällt der Närrin. Es ist ihr Raum. "Bloß nicht erstarren," sagt sie. "Von untauglichen Regeln und Konventionen befreit, lassen sich die Mauern der sprachlichen Gewißheit erstürmen. Als Leitern eignen sich das Hinterfragen und Loslassen. In unseren Zeiten ist der Wohnraum auch für Geister knapper geworden. Da bieten sich Bücher an.

Ich beobachte im Dorf der entleerten Bücher, wie die Geister das Dogma der Lesbarkeit anpinkeln. Sie tun es hemmungslos. Sie brechen Sätze auf wie Nüsse. Es wird eindeutig mehrdeutig. Die Lesbarkeit darf auf der Strecke bleiben und Leseunbequemlichkeiten dürfen sich auch einstellen. Die Geister richten sich im Buchstabenprovisorium gemütlich ein.

Geisterbücher. Ein bisschen ist es wie mit den Geisterdörfern. Die alten Geschichten und Wörter sind längst ausgezogen. Wind weht durch die Straßen. Die Geister wohnen in den leeren Büchern. Sie spielen mit den Resten der Buchstaben. Die Poesie hat sich verändert. Die Gesänge in den Straßen sind fremdartig. Die Buchfassaden haben neue Beschriftungen bekommen. Manch eine Behausung ist frisch gestrichen und abbröckelnde Stellen sind übertüncht worden.

Buchstabenreste sind verrückt. Alte Wörter werden zerkocht, manches bekommt eine neue Würze. Ein Ei ist gefunden worden, eine Geschichte schläft darin. Sie ist bald ausgebrütet. Durch Geschichtenstraßen ziehen, Wortfelder betreten, Begegnungen, Spurensuche. Der rote Faden ist neonrosa. Die poetische Steckenführung ist verwirrend.

Ein Stuhl, eine Einladung
an die wildweise Närrin.
Mal kommt sie so, mal anders.
Als alte Wandelkraft
legt sie sich nicht fest.

Lass uns über Eigenwilligkeiten sprechen, sagt sie.
Unangepasst würde mir ja so gut gefallen. Ich möge
überprüfen, ob es frei und willig gewählt ist, ob ich eine
Wahlmöglichkeit habe oder ob es ein inneres Muss ist.
Ob ich nicht nur Wind allgemein mag, sondern auch
Veränderungswinde? Ob ich mich verändern könne.

Ja nun. Da sage ich mal lieber nichts Konkretes.

Was, wenn sich die Lebensstrukturen plötzlich ändern?
Wenn unkontrollierbare Impulse kommen?

Fragt das die 13. Fee? Ich bin starrsinnig und ich kenne
die Angst vor Veränderung. Gerne wäre ich eine verwege-
ne Abenteuerreisende, eine, die das Neuland in allem ent-
deckt, eine Pionierin. Ich habe den Stuhl samt Einladung
hingestellt, weil ich wissen will, wie ich als Starrsinnige
Veränderung tanze. Lustvoll, zu mir passend, befreit.

Ich möge noch genauer beschreiben, wie ich es mir
vorstelle.

Da fällt mir vieles ein. Nichts braucht normal oder üblich
sein. Frei und eigenwillig durchs Leben gehen, nach meiner Wahrheit leben, meinen Impulsen folgen.
Befreit sein von allen mir zugedachten Rollen als
Künstlerin, Frau, Lehrende, Liebende ...
Bekannte Wege verlassen. Und wenn ich mich verändere,
dann gemäß meiner eigenen Erkenntnissse.

Die Wege könnten mich in unbekannte Landstriche führen. Vielleicht gilt dann vieles nicht mehr von dem, was
erfüllend und tragfähig schien. Vielleicht ja, vielleicht nein.
„Richte dich auf Veränderung ein, wenn du mich rufst.“

Also doch die 13. Fee. Wusste ich's doch.

„Es war deine Einladung. Könnte sein, dass ich nicht
die einfachste Gästin bin. Ich kicke dich gerne aus
Umständen, die zu klein geworden sind.“

Sprunghaft ist sie. Das Überraschungsmoment ist auf
ihrer Seite. Das Alte wird jung und umgekehrt. Wie sieht
echt aus, *befreit*? Wie tanze ich Veränderung?
Bei meiner Struktur ginge das nur lachend.
Welche Techniken helfen mir?

„Nimm das Loch in der Strumpfhose als Einstieg.
Spielerisch dorthin gehen, wo du dich festlegst.
Und dann mit dem Gegenteil spielen.
Einfach mal wahrnehmen wie es dir damit ginge.“

Wie oft sage ich *Aha*, bis ich lachen kann?

Im Prozess des Gestaltens bleiben wollen, keine Idee haben, Spielen als Spiritauftrag. „Spielen" kann ein richtig anstrengender Auftrag sein.

Manchmal will es neu gelernt werden oder erinnert. Das Paradox – dranbleiben am Spielen, also sowas wie diszipliniert im Spielen, im Fooling, im Nichtsinnhaften, im Nichtdefinierbaren bleiben. Dasitzen und nicht wissen, wie ich Konzepte, Strukturen, Projektbezogenheit aus mir herausbekomme, um in ganz neue, freie Räume zu gehen. Aus der langen Weile gebiert sich oftmals etwas Neues. „Schlafen," sagt Katalina, „am besten zusammen, sie auf mir, auch tagsüber."

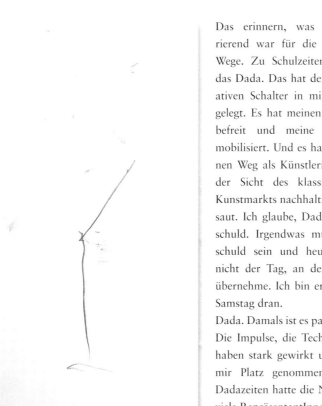

Das erinnern, was inspirierend war für die freien Wege. Zu Schulzeiten war das Dada. Das hat den kreativen Schalter in mir umgelegt. Es hat meinen Geist befreit und meine Sinne mobilisiert. Und es hat meinen Weg als Künstlerin aus der Sicht des klassischen Kunstmarkts nachhaltig versaut. Ich glaube, Dada war schuld. Irgendwas muss ja schuld sein und heute ist nicht der Tag, an dem ich übernehme. Ich bin erst am Samstag dran.

Dada. Damals ist es passiert. Die Impulse, die Techniken haben stark gewirkt und in mir Platz genommen. Zu Dadazeiten hatte die Närrin viele RepräsentantInnen. Es ging darum, radikal in

wie in der Hose gewaschene
Unwichtigkeitszettel, die
durch die Waschung an
Bedeutung gewinnen und zur
Kunst werden können. Das
Potenzial dazu tragen sie seit
ihrer Geburt bereits in sich.

eine neue Freiheit und geistige Unabhängigkeit hineinzutanzen, entdeckend unterwegs zu sein. Da wurde die Konfusion gelebt und das Uneinheitliche war gewollt. Augenblickssensationen waren wichtig, der Ohne-Sinn. Es gab viele Contraries. Das kann entstehen, wenn das fragile Gleichgewicht der Welt gesehen und erlebt wird. Es würde auch gut zu Heute passen. Werte, die einstmals stabil schienen wie Geldsysteme und vieles mehr, das Kippen, die transzendentale Obdachlosigkeit … Die Bestrebungen der Menschen, in den versehrten Systemen anzukommen haben etwas Tragisches und auch was Komisches. Die Clownleute, die Närrin haben immer auch die Aufgabe, die Finger in die Wunde sozialer Ungerechtigkeiten und versehrter Systeme und ihrer Imbalancen zu legen. Ihr Humor kann die Schrauben lockern. Ihr Humor ist Türöffner und Medizin.

"Die Ankunft einer guten Clownin in der Stadt ist mehr wert als dreißig mit Medizin beladene Esel," sagt ein orientalisches Sprichwort. Wenn die Clownleute kommen, dann ist das ein Alarmsignal. Gerade, wenn Clowns gehäuft auftauchen, dann umso mehr. Wenn sie in uns aufsteht als Kraft, die narrische, verrückte Kraft, die Coyotekraft, dann ist es gut, hellhörig zu werden. Diese Kraft wird humorvoll die aus den Fugen geratenen Systeme vergrößern, lupenartig. Dann gilt es hinzuschauen. Es könnte sich anfühlen wie ein absurder Traum. Jetzt bereit sein, an den Stellscharuben zu drehen. Dann braucht es den Tanz ins Unberechenbare, Unmittelbare. Spontan, lachend, entleerend. Ins Dazwischen tanzen. Schauen – was ist darunter, dahinter. Bereit, alles auf den Kopf zu stellen, umzudrehen. Was ist hinter dem Vertrauten?

Sinnhaft, das ist ein Kriterium, das mich stark hindert und das *Von-allem-zuviel*. Es ist enorm anstrengend für mich den Ohne-Sinn und die Entleerung zu tanzen. Ich tu´s, es kostet mich was. Hosentaschen ausleeren und aufkleben. Nichts dazu. Nichts dazu, das dem Ganzen Sinn geben könnte. Es ist eine wichtige Schraube in meinem Gefüge, die ich lockere. Ich erforsche, wie es ist, wenn bei mir eine Schraube locker ist.

die 13

Die Zahl der Närrin ist die 13. Sie gehört, wie die Clownskraft, zum Frühling, zum Neubeginn. Es ist die Neuschöpfungszahl, der Funke Chaos, den es braucht, damit sich etwas Neues gebiert. Wenn der Winter alt geworden ist und die großen Flüsse zugefroren sind, wenn etwas gefroren, starr ist, Strukturen, Ordnungen, dann braucht es die Erneuerungskraft des Frühlings. Die 12, die große Ordnungszahl, erneuert sich durch die 13. Mit der 12 ist etwas ist rund, vollendet, vollständig. Die 12 taucht in sich gerundeten Systemen auf – 12 Monate, 12 Stunden Tag, 12 Stunden Nacht, 12 Tierkreiszeichen ...

Wenn etwas an dem Punkt stehenbleibt, erstarrt es. Starrsinnige lieben die 12. Nur nicht rütteln am Bestehenden, weil Veränderung Angst macht. Und doch, das Leben ist Veränderung. Nichts ist so beständig wie der Wandel, die Erneuerung.

Ich erkunde das Land der 12. Natürlich, als Starrsinnige finde ich es beruhigend. Das ist wie Urlaub in Niederbayern. In den Kulthöhlen der Ile-de-France gibt es 12er Sterne, 12-speichige Räder. Im Mühlespiel befinden wir uns in einem Zwölfersystem, mit der 3 und der 4. Mit der 12 geht es immer um große geschlossene Ordnungen.

Und dann kommt sie, die 13. Fee. Jetzt wird es spannend, jetzt wird aufgemischt. Jetzt ist das zu starr Gewordene fällig. Der junge Frühling beendet den zugefrorenen alten Winter. Es ist die Sprengkraft, die Kraft, die alles zerschellen lässt und ins Fliessen bringt. Jetzt schlägt's dreizehn! sagt sie, Ende Gelände.

Die 13. Fee gehört zu einer alten Ordnung, die flexibler war, weicher, was sich auch in den 13 Mondmonaten zeigt. Die Maya gehen mit der 13, sie ist in ihrem Kalender eine heilige Zahl, sie bringt Bewegungsimpulse und initiiert die Reise hin zu neuen Entwicklungsräumen. Die 13. Fee hat Sprengkraft, ihre Geschichte erzählt von einer größeren Ordnung. Den Starrsinnigen macht das natürlich Angst. Nur die Mutigen, Weisen, die mit Forschungsgeist, mit Abenteuersinn, mit Tiefenwissen um Wachstum laden sie als Gästin ein. Sie haben dann nicht mit 12 goldenen Tellern gedeckt, sondern mit 13 silbernen. In alten Frauenkulturen hat die 13 eine Heimat.

Wer einmal die 13. Tür geöffnet hat, kann es nicht mehr ungeschehen machen. Dann ist der Finger golden, wie im Märchen *Marienkind*. Dann haben wir den Raum der hohen UnruhestifterInnen betreten, der RebellInnen, der AufwieglerInnen, der SystemverstörerInnen. Dann wissen wir, wie das schmeckt. Dann bleibt uns was von der Energie.

Die 13 war die erste Zahl, die beim Lotto gezogen worden ist, damals, als Lotto erfunden wurde. Danach war es die Seltenste. Die 13 ist die kleinste Mirpzahl. Das hat mir während meiner Schullaufbahn niemand gesagt. Auch nicht, dass es eine zentrierte Quadratzahl ist. Mit der 13 haben wir uns nie beschäftigt. Man hätte uns von 13-tägigen Zeiteinheiten im präkolumbianischen Mesopotamien berichten können. Das ist versäumt worden. So viel unnötiges Zeug gelernt und die 13 vergessen. Das ist ja fast wie bei Dornröschen.

Immer, wenn ich die 13 ansteuere, weil ich sie passsend finde, kommt die 14, die 12, die 15. Ich verzähle mich, verliere was, aus meiner 13 wird irgendwas. Wenn ich es forciere, kommt sie nicht, entzieht sich. „Weg vom Konzept, die 14 ist deine 13, anders als gedacht, bleib geschmeidig," sagt sie.

In unserer Bäckerei zeigen sich, je nach Jahreszeit verschiedene Wesen. Elche, Kläuse, Kürbisgeister, Hasen ... Auf den Blechen sehen sich sehr ähnlich. Und doch, immer wieder fällt eines aus der Reihe. Es hat ein Rosinenauge mehr oder gar keines. Eines ist extrem dick, eines auf einmal ganz dunkel. Das schwarze Schaf, die Ausreißer, manchmal die 13. Fee. Es

gibt Formen für den Teig und Schaltuhren für die Backzeit, eine Ordnung und die Kontrolle. Und dann sowas. Die Ausreißer werden schon extra für mich aufgehoben, weil die Verkäuferinnen wissen, dass sie mir gefallen. Die Schönsten und Gefälligsten sind es nicht. Sie haben etwas anderes. Sie stören ein bisschen und sie fallen ins Auge. Das Gleichmaß wackelt. Das 13. passt nicht aufs Blech, über manche kann man lachen, andere sehen wie eine Kunstprovokation aus. Manche von ihnen sind mit Sicherheit Schrate.

Unruhestifter, Rebellen, die aus der Rolle fallen. Anders als die anderen sein. Wo kultiviere ich es? Wo passiert es aus Versehen? Wo ist es mir wiederum gar nicht so recht? Im Rudel sein gibt Sicherheit. Immer wieder das Thema Sicherheit. Anders sein, AussenseiterIn sein, vom Rudel entfernt sein, kann gefährlich werden. Lebensgefährlich, sagt

die Urerinnerung. Davon lebt der Mainstream. Auf einmal fällst du auf, bist sichtbar, bist vielleicht eine Provokation, was Befremdliches, nicht dazugehörig. Im eigenen Clan, den eigenen Kreisen am Rand sein, das Enfant terrible, die 13. Fee, das chaosbringende Element, die Spielverderberin, die Unruhestifterin ... aaaah, jetzt bekommt es Namen. Da wird es griffig. Es sind die Rebellinnen, die Provokateure, die göttlichen Schelmenwesen, die inszenierten Verrückten, die hohe Aufwieglerin des Kosmos, die Systemverstörerin. Pussy Riot gehört für mich dazu und Dada.

Manche können nicht anders, anderen täte es bisweilen gut. Ich klopfe ab, wo, wann und auf welche Weise diese Kraft in mir da ist. Wo ich sie mir mehr gewünscht hätte und dann doch angepasst war, brav. Wo

stimmt es, wenn ich im Mainstream bin, wo nicht. Wo tanze ich diese Kraft, authentisch, ganz von innen heraus, lustvoll? Da kommen betörende Düfte, das ist wie ein Sprengkraftelixier. Deshalb dosiere ich es für mich behutsam. Weil? Weil ich mit meinem Mut zur Veränderung noch viel Luft nach oben habe.

Woher kommt das Wort? Narrisch, Narr, Närrin? Ich suche die Herkunft. Wie sollte es anders sein – es ist ungeklärt. Ob es das spätlateinische *nário* ist, die Nasenrümpfer, die Spötterin?

Besser gefällt mir die Verbindung zu *narrare* (lat. erzählen). Diejenigen, die Geschichten erzählen, humorvoll, auf CoyoteNarrenCrazyWisdomTeacher-Weise. Sowas könnte es sein. Denn im Land der Närrin geht es darum, Geschichten entstehen oder sterben zu lassen, mit ihnen zu spielen, sie schichten, sie zeigen sie im Spiegel, sie holen die Geschichten hervor, vom Leben, vom Menschsein, vom Scheitern, von der Großartigkeit. Und sie ermöglichen im besten Fall eine neue Weise des Sehens der eigenen Geschichte.

In den Geschichtentopf gespuckt, umgerührt, hineingeatmet, alles neu zusammengesetzt. Lauschend schaue ich in den Spiegel, den mir die Närrin erzählend hinhält. Heute erzählt sie mir die Geschichte einer Frau, die gerne eine Wunderheilerin wäre.

ein- und auszuatmen, sie zu vergrößern, damit man sie besser sehen kann. Es geht darum, Geschichten so zu heben, dass sie verstanden und angenommen werden können oder darum, sie zu verwandeln und lachend neue Möglichkeiten ins Spiel zu bringen. Ich glaube, es geht ums *Narrare*, ums Erzählen von Geschichten, die uns Menschen bewegen. Sie sind im Empty Space, im Nullraum, wie in einem großen Kochtopf. Da werden sie zusammengekocht, gebraut, geboren. Die Närrin als Geschichtenerzählerin, mit welchen Mitteln auch immer. Die Narrensleute steigen hinein in die Ge-

Am liebsten würde diese Frau „Puh" sagen und ihr Gegenüber wäre geheilt oder erleuchtet oder was auch immer sich das Gegenüber so wünscht. Einfach nur „Puh". Sie fände das schön, weil es großartig wäre und auch, weil sie sich nicht so besonders anstrengen mag. Eine Wunderheilerin, das wäre was. Vielleicht ist es auch ganz anders und die Frau möchte die Hybris erforschen, aber das ist unwahrscheinlich. Eher nicht.

Ein bisschen blöd ist, dass das Kätzchen der Frau gerade Schnupfen hat und das sollte das Kätzchen einer Wunderheilerin nicht haben. Das ist ihr etwas peinlich.

Wenn sie allerdings den Wunsch mit der Wunderheilerin zurück in den Geschichtentopf wirft und sich entspannt neu erfindet, dann darf das Kätzchen Schnupfen haben und sie auch und auch alle anderen, die sie trifft und wenn sie dann sagt „Puh, das ist blöd mit dem Schnupfen," dann muss nichts passieren und es ist alles sehr entspannt. Wenn sie statt eine Wunderheilerin zu werden, ein wenig weiser wird, dann könnte sie sogar darüber lachen.

Die Null ist eine Närrinzahl. Die Null im Tarot gehört der Närrin, dem Narren. Null ist der geheime Raum des Nichts und Alles. Es ist der Empty Space, aus dem sich alles gebiert. Dieser offene Raum ist wertfrei, es ist der Raum der Möglichkeiten, der Spielraum.

Manche Boote und Gegenstände wie rote Nasen oder Närrinhüte bringen uns in den Nullraum. Dort wird alles auf Null gestellt. Es ist ein Erneuerraum. Er ist ungetrübt, ein Freiraum, der das gesamte Potenzial in sich birgt. Wenn wir dort eintreten, atmen wir unseren Namen aus. Es ist der Raum hinter den Begrenzungen. Beyond the shores. Wenn ich den Nullraum betreten möchte, bleibt mir nichts anderes übrig, als Grenzerkunderin meines Geistes zu werden. Denn das erst ermöglicht mir den Schritt hinter Sicherheiten und Kontrolle. Die Sehnsucht ist groß, die Ängste auch. Rot hilft mir – die rote Nase, der rote Hut oder rote Schuhe. Das sind Gewand-Boote für mich, sie tragen mich über die Schwelle in ein anderes Feld, in den Freiraum.

Das, was wir wiederholt tun, das werden wir. Also will ich ganz oft rote Boote besteigen und mir das Reisen in das Land der Närrin, in den Nullraum angewöhnen. Es machen oder es mir vorstellen, beides wirkt, wenn auch unterschiedlich stark. Die nicht in Frage gestellte Normalität darf berührt werden, abgeklopft. Das Gewöhnliche wird unterbrochen. Gewohnheiten dürfen sich ändern. Forschend können wir Neuland betreten im Raum der Null, im Empty Space, im Leerraum. Dort ist alles möglich, Anfang und Ende tanzen miteinander. Aus dem Nullraum entsteht die rote Blume des Lebens. Es ist der Chaosraum in den Schöpfungsmythen, der Raum des Spinnens. G'spinnert im Nullraum, so wird es für Menschen aus Bayern griffiger. Dort ist es mir dann egal, ob ich dumm wirke und es schert mich nicht, wie ich aussehe. Das stelle ich mir großartig vor. Es muss so sein wie der Moment, wenn wir von den Klippen in den offenen Raum springen und auf einmal fliegen können. Das will ich. Ich löse einen Fahrschein für die Überfahrt und rufe die Fährfrau.

D..IE
FÄHR
FRAU

Sie erzählt eine Geschichte und doch wieder
nicht. Eine Geschichte vom Hinüber, über
die Schwelle, hin zu neuen Ufern. Beyond
the shores. Das Narrenschiff hat sie als
Hut auf, schnell gefaltet aus einer Zeitung.
Wohin geht die Reise?
Hinüber, hinter, hinaus in die Fremde, ins
Unbekannte, ins Unerwartete, ins neue Land.
Manchmal auch ins Dazwischen, in den
Raum zwischen den festen Dingen, in den
Empty Space, ins Unbeschränkte, ins Unent-
deckte, Richtung Osten, in die aufgehende

BEYOND THE SHORES

Sonne hinein, in Frühlingsgefilde. Sie fährt
uns dorthin, wo alles und nichts ist, wo die
Geschichten geboren werden.
Reisebereit sein. Neues Land betreten. Mit
einem Bein in anderen Geschichten. Fragil
und reisebereit. Die Fährfrau wird dich
hinüberfahren, wenn du möchtest. An neue
Ufer. Was uns dort erwartet, sagt sie nicht.
Sie bringt auch niemanden mehr zurück. Es
gibt nur Hinfahrt-Tickets. Manchmal fahren
wir mit ihr, ohne zu wissen, dass wir bereits
auf ihrem Boot sind. Manchmal sind wir
auch längst an neuen Ufern, in einem anderen Land, ohne es zu merken. Die Fährfrau
kann gerufen werden. Sie kommt allerdings
nicht immer. Dafür hat sie gute Gründe.

CARRY IT FAR

GIVING THEM A TRIP. 'THERE YOU GO.

Nein, die sagt sie nicht, auch nicht auf Nachfrage. Sie weiß, was sie tut. Gut, wenn auch wir wissen, was wir tun. Und wenn nicht, dann mögen wir uns dem Fremden, dem Nichtwissen hingeben. Jetzt spinne ich einen gewagten Faden ins buddhistische Feld, zu einem Teil meiner Wurzeln. Mit der Fährfrau sind sie aufgetaucht. Es ist der Faden zwischen der Närrin und Prajnaparamita und der Weisheit vom anderen Ufer (Prajna – Weisheit, paramita – anderes Ufer, Prajnaparamita – Mutter aller Buddhas aller Zeiten).

Da geht es um die Essenz des erhabenen Hinübergelangens ans jenseitige Ufer der Weisheit. Aha, da gibt es Überschneidungen. Auch da geht es um die Leere, darum, dass es nichts weiter zu erreichen gibt, um den unbeschwerten Geist, um Angstfreiheit. Befreit von allen Vorstellungen – nichts entsteht und nichts vergeht – keine Verwirrungen, keine Erkenntnis, kein Erreichen. Das Mantra von Prajnaparamita ist: *Gate gate paragate parasamgate bodhi svaha.* Was in etwa heißt: *Gegangen, gegangen, hinübergegangen, ganz hinübergegangen, Erwachen, leuchte auf!* Dass ich die beiden einmal zusammenbringe, die Närrin und Prajnaparamita, das hätte ich auch nicht gedacht.
Die Fährfrau sagt, „denk du nur weiter" und bringt inzwischen rote Hirsche, Monde und Tanzende über den Fluss. Das war die erste Etappe der Fool Tours.

CAMBRA SKADÉ

Bayrische Künstlerin
Alltagsforscherin
Reisende

PUBLIKATIONEN:

- *Die schamanische Kraft im Alltag*, ein Alltagslogbuch
- *Kunst–Magie–Heilen*, eine poetische Forschungsdokumentation
- *Shamal*, das Leben ist wie eine rote Blume, eine Liebesgeschichte mit dem Leben
- *Am Feuer der Schamanin*, Reisewege im sibirischen Altai
- *verwurzelt fliegen*, Bilder und Geschichten zu Wurzelkraft und freiem Seelenflug
- *Töchter der Mondin*, ein mytho-poetisches Schau- und Lesebuch
- Bildermacherin vom *Göttinnenzyklus* und den *Botschaften der Großen Göttin*

BLOG:

Schamanisches in Kunst und Alltag | No-Project
www.cambraskade.wordpress.com

KURZFILME:

zu Kunst und Leben auf meinem Youtube-Kanal:

4 x Lebenskunst:	- *Blütentanz und Musenkuss*
	- *Der Sommer, das Leben und Ich*
	- *HerbstZeitLos*
	- *Schneewärts*
No-Project:	- *under pressure*
	- *found*
	- *transform*
	- *views*
	- Schratefilme
Küchenfilm:	- *Schamaninnen, Hausfrauen und andere Merkwürdige*

SEMINARE:

Kunstmagische Heilwege: schamanische Kunst, Rituale, Geschichten, Reisen
www.cambra-skade.de

Lirum larum Löffelstiel,
ich lebe so wie ich es will.
Vorüber an hübschen, in Herbstlaub gebetteten Villen, ähnlich der unseren, vorüber an sausenden Equipagen, die aus der Stadt kamen, an geputzten Menschen, die langsam Arm in Arm gingen, an kleinen Garten-

梅竹　清・石